KB114140

천 번의 환생 끝에 ㅁ

요람 장편소설

초판 1쇄 찍은 날 § 2018년 3월 16일
초판 1쇄 펴낸 날 § 2018년 3월 23일

지은이 § 요람
펴낸이 § 서경석

총괄팀장 § 최하나
편집책임 § 김슬기

펴낸곳 § 도서출판 청어람
등록번호 § 제387-1999-000006호
등록일자 § 1999. 5. 31
어람번호 § 제1-2867호

주소 § 경기도 부천시 원미구 부일로 483번길 40 서경B/D 3F (우) 14640
전화 § 032-656-4452 팩스 § 032-656-4453
http://www.chungeoram.com
E-mail § chungeorambook@daum.net

ⓒ 요람, 2017

ISBN 979-11-04-91682-3 04810
ISBN 979-11-04-91433-1 (세트)

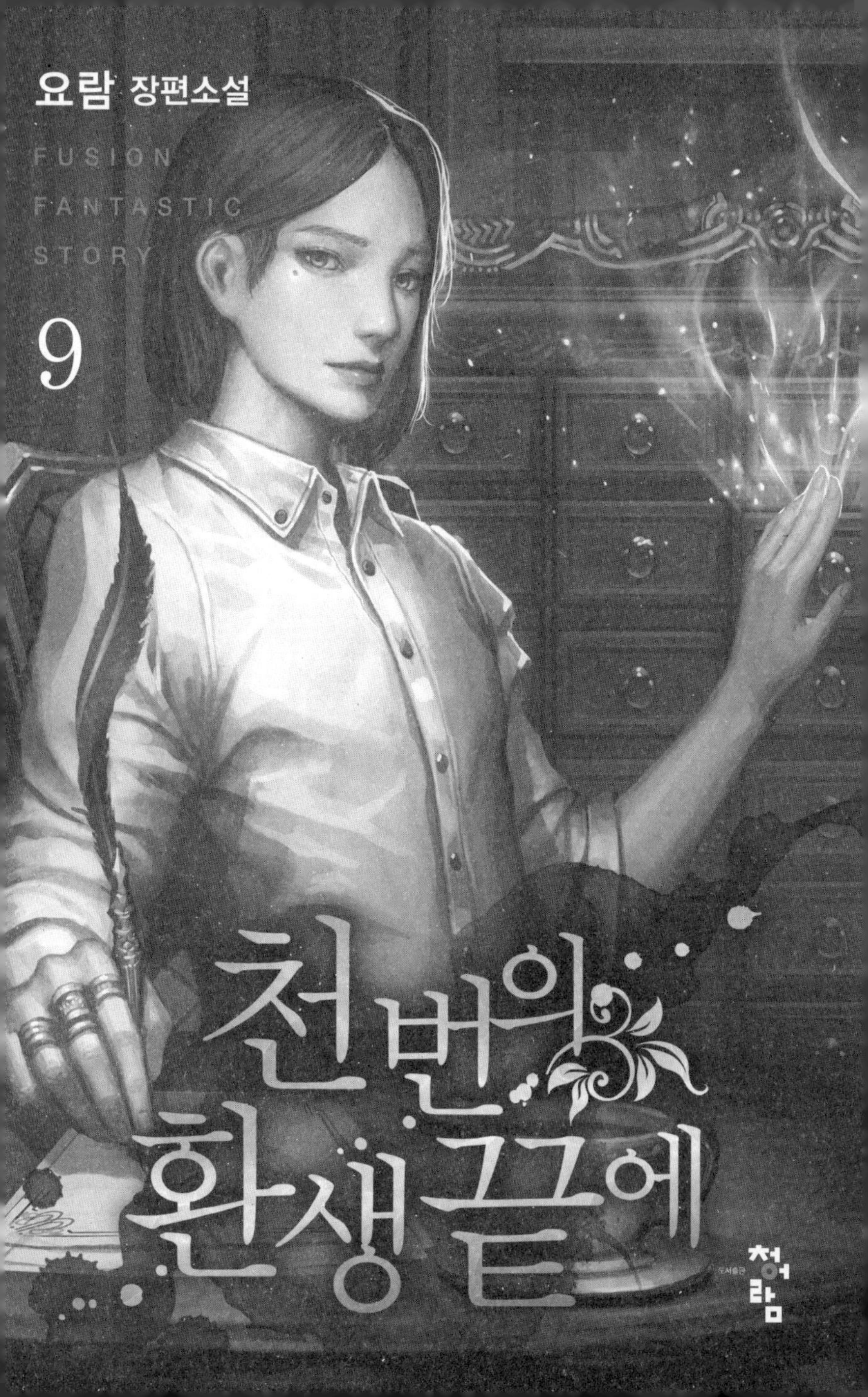
요람 장편소설
FUSION
FANTASTIC
STORY
9
천 번의
환생 끝에
도서출판 청어람

Contents

Chapter63
여름휴가

그날, 임수민에게 빙의한 정체불명의 여성을 만난 뒤에도 지영의 일상은 꾸준했다. 그날 이후 변화가 있을 만도 했는데 지영은 강제로 평소의 일상을 유지했다. 갑작스럽게 변하면 여러 사람이 정말 골치 아파지기 때문이었다. 특히 지영이 외출을 시작하면 긴장 제대로 타는 회사원들이 있다.

　그들이 정신 줄을 놓든 말든 신경 쓸 게 아니라면 여기저기 쏘다니면 된다. 하지만 지영은 그러지 않았다. 갑작스러운 삶의 변화가, 일상의 변화가 가져올 후폭풍 때문이었다. 사람은 갑자기 변하면 안 된다는 건 옛날에도 있었던 말이다.

죽을 때가 됐을 때 변한다는 불길한 그런 말이 말이다.

그래서 지영은 최선을 다해 이상을 지키고 있었다. 임수민과 다시 만나 얘기를 나눴지만, 역시 큰 소득은 없었다. 물론 서로 하나씩 꽂힌 건 있었다. 지영은 죄, 그리고 임수민은 웃기게도 벌이었다.

죄와 벌.

무슨 소설도 아니고, 두 사람이 꽂힌 키워드는 무수히 많은 것을 연상시킬 수 있는 연관성을 가지고 있었다.

그래서 문제였다.

하지만 이 문제에 대한 답은 여전히 안갯속에 있어, 두 사람을 매우 지치게 만들었다. 그렇게 다시 이 주가 지났다. 매우 지쳐 있는 지영에게 어쩐 일인지 선물이 찾아왔다. 그것도 전혀 기대를 안 했던 정순철이 들고서 말이다.

"진짜요?"

"네, 강원도에 저희 직원들이 여름에 돌아가면서 휴가를 가는 별장이 있습니다. 상부에서 그곳이라도 괜찮으면 일주일 정도 쉬어도 좋다는 허락이 있었습니다."

"일반인에게 공개해도 괜찮은 건가요?"

"휴가철이 아닐 땐 일반인에게도 개장합니다. 딱히 비밀 장소라 할 것도 없습니다."

"아……."

정순철의 말에 지영은 그냥 고개만 끄덕였다. 솔직히 지금 어안이 벙벙한 상태였다. 휴가? 그건 당분간은—앞으로 계속—포기하고 살아야 될 것 같았기 때문이다. 그래서 은재가 삼림욕을 하고 싶다고 했을 때도 물어본다고 대답했지만, 솔직히 기대는 안 했었다. 정순철에게 물어봤을 때 그가 일단 위에 보고해 보겠다고 대답해 줬지만, 그 말을 듣고도 크게 와 닿지 않았었다. 그런데 웬걸?

정순철은 허락이라는 선물을 들고 찾아왔다.

그래서 지영은 정말 깜짝 놀랐다.

예상치 못한 선물은 언제나 사람을 놀라게 하고, 뒤이어 감격하게 만드는 힘이 있었다. 지영이 얼떨떨해하자, 정순철은 의기양양하게 웃었다.

"이런 지영 씨 모습은 또 처음 보네요, 하하."

"저도 처음 짓고 있을걸요?"

"하하하! 농담까지. 제가 오늘 선물을 정말 잘 들고 왔나 봅니다?"

"깜짝 놀랐습니다, 진짜. 솔직히 물어는 봤어도 허가는 안 될 줄 알았거든요."

"물어볼 때 저도 안 될 줄 알았습니다. 그런데 지영 씨에 대한 특이 사항은 코드 원에게도 들어갑니다. 허락은 코드 원이 내렸습니다."

푸핫……

대통령이 허락해 준 휴가다.

'이것 참… 영광이라 해야 하나?'

하지만 그와는 별개로 기분이 매우 좋았다. 예전에는 여름휴가, 겨울휴가 등등 전부 챙겨 다녔었다, 하지만 그 하이재킹 이후, 휴가는 꿈도 못 꾸는 상황이 되어버렸다. 그걸 가족들도 전부 알고 있었다. 은재가 이번에 삼림욕을 가고 싶다고 한 것도 그냥 그랬으면 좋겠다는 푸념 정도지, 정말 가자고 떼를 쓴 건 아니었다. 그 정도로 철이 없는 은재도 아니고 말이다.

"당장 가시는 건 어려우실 테니 일정을 잡아서 연락주시면 그때쯤 별장을 비워 드리겠습니다. 한… 일주일 정도의 여유는 주셔야 합니다. 아, 송지원 씨나 강한나 씨도 원하시면 같이 갈 수 있습니다, 하하."

두 사람도?

지영은 얼른 고개를 끄덕였다.

"네, 오늘 부모님과 상의하고 내일까지 바로 연락드릴게요."

"그렇게 해주시면 됩니다."

"혹시 같이 가시나요?"

지영의 질문에 정순철은 고개를 끄덕였다.

"네, 저도 같이 갑니다. 별장이 한 채가 아니라 열 채 정도

붙어 있습니다. 전 입구 쪽 첫 번째 별장에서 나름 휴가를 즐길 생각입니다. 일 겸, 놀러가는 거지요. 하하."

"아… 죄송해서 어쩌죠?"

"뭐, 그럴 게 있겠습니까. 참, 부탁드리고 싶은 것도 있습니다."

"부탁이요?"

"네. 음……"

난감한 부탁인가?

정순철은 좀 시간을 끌다가, 이내 담배 한 대 괜찮겠습니까? 하고 물어봐서 지영은 고개를 끄덕여 줬다. 지영도 같이 담배를 물고, 둘은 일단 말없이 담배만 피워댔다. 그렇게 하나를 다 피우고, 아직 담배를 태우고 있는 지영에게 정순철의 결심에 찬 말이 날아들었다.

"이번 휴가 때, 저희 사원들과 대련 좀 해주시면 안 되겠습니까?"

"네……?"

뭐? 뭐가 안 돼?

"대련요?"

"네, 사실 지영 씨의 노르웨이 습격 사건 때와 이탈리아 대사관에서 보여준 영상들이 요… 사원들 사이에서 나돌고 있습니다."

"아……."

호텔 로비의 CCTV에는 격투 장면은 없었을 거다. 하지만 등을 돌린 뒤 대치했고, 침묵 뒤에 움직이는 장면은 있을 것이다.

'이탈리아 대사관에서는 더 적나라하게 찍혔겠지…….'

그때 존인가, 존슨인가를 확실하게 두들겨 버렸기 때문에 기억에 남아 있었다. 그때 그 장면은 분명 대사관 CCTV에 남아 있을 가능성이 컸다.

'그런데 그 정도로 사원들이 호승심을 갖기에는 힘들 텐데?'

군 특수, 특작부대 출신들이 대부분인 회사에 지영이 보여 줬던 정도는 할 수 있는 실력자야 차고 넘길 것이다.

"말이 많았습니다. 일반인도 제대로 배우면 가능하다. 아니, 불가능하다. 저건 분명 실전을 수없이 거쳐야 가능한 움직임이다 등등. 그래서 이번에 사원들 경호와 휴가를 워크숍처럼 진행하기로 하면서… 가장 많이 나온 게 지영 씨의 실제 실력입니다."

"……."

아아……. 지영은 이제야 이해가 갔다.

꼭 실제로 겪어보거나 눈으로 봐야 믿는 부류들이 있는데, 이런 종류의 일에 종사하는 사람들은 특히 심했다. 이상적이기 보단 지극히 현실적이어야 하기 때문이었다. 그런 그들은 지영의 실력에 대해 말이 많았다.

"파트가 다르면 서로 얼굴 볼 일도 없고, 봐서도 안 되기 때문에 이번에 지영 씨와 가족들의 경호에 투입된 사원들만 갑니다. 혹시… 괜찮을까요?"

정순철은 이렇게 예상치 못한 선물을 가져왔다.

"네, 그럴게요. 오전이나 오후에 두 시간 정도면 괜찮겠죠?"

"하하, 네! 물론입니다! 그 정도면 충분합니다!"

"그런데 제가 다칠 수 있단 생각은 안 드세요?"

지영의 그 말에 정순철은 재미있는 말을 들었다는 투로 그냥 피식 웃었다. 그래서 지영도 그냥 피식 웃어버렸다. 이 사람은 지영이 다칠 것 같단 생각 자체를 안 하고 있음이 분명했다. 하긴, 지영의 옆에 있게 된 지도 꽤나 오랜 시간이 지났다. 그리고 지영이 저번에 저격 사건 때는 혼자 잡을 생각까지 하고 있던 것도 알고 있는, 몇 안 되는 사람들 중 하나기도 했다. 그런 그라서 걱정 자체를 안 하고 있었다.

물론 몇 대 맞을 수도 있다.

지영도 사람이니 말이다.

하지만 크게 다치거나 그럴 일은 없을 거라는 걸 그는 확신하고 있었다.

"그럼 저는 이만 일어나겠습니다."

"네, 내일까지 연락드릴게요."

"하하, 네."

정순철이 그렇게 떠나고, 지영은 잠시 좀 전의 대화를 복기하다가 씨익 웃었다. 예상치도 못한 휴가를 얻게 됐다. 단순히 은재 때문이 아니라 지영 본인도 좀 쉬고 싶었다. 솔직히 '테러리스트' 촬영 스타트 이후 지금까지 너무 달렸다.

이런저런 일들이 마치 폭격처럼 벌어졌고, 그걸 견뎌내긴 했지만 확실히 지쳐 버렸다. 지영이니 내색 없이 평상시처럼 행동하지, 테러에 진흙탕 언론전에 별의별 꼴 다 보고 나면 웬만한 사람은 당장에 퍼지고도 남았을 것이다.

그래서 지영도 이번 휴가는 정말 최고의 선물이었다. 사실 아무것도 안 하고 쉬는 것도 괜찮긴 하지만 고요한 곳에서 신선한 공기를 마시며 지내는 힐링 시간은 도심에서의 휴식과는 차원이 다른 맛이 있었다.

지영은 그러다 문득, 참 많이 변했다고 생각했다.

옛날부터 왕이나 황제의 직속 기관은 언제나 공포의 대상으로 군림했었다. 가장 유명한 게 중국 영화에 많이 등장하는 동창이나 금의위가 딱 그랬다. 금의위는 무력 진압, 동창은 첩보, 매수, 암살, 정보 수집 등등 지금의 정보국과 똑같은 임무를 수행했다.

하지만 그렇기 때문에 이들은 어둠에 숨었고, 그 어둠을 등지고 군림했다. 그리고 딱히 동창이나 금의위뿐만이 아니다.

지금 당장 북한의 보위부나 보안성만 봐도 딱 정권을 위해 움직인다.

예전에는 회사도 그랬다.

정권의 유지를 위해 움직였지만 어느 '시기'를 기점으로 싹 갈아엎고, 본연의 임무에 충실히 하는 회사가 됐다.

'신기하단 말이야……'

그런데 그게 정말 쉽지 않음을 아는 지영인지라, 이런 회사의 변화가 신기하기만 했다. 그리고 궁금했다. 정말로 그들에게 불만은 없는지. 하지만 물어봐도 그냥 '없다!'고 딱 잘라 대답할 뿐이라 더 캐묻기도 뭐 했다.

'이번에 몰래 사원들에게 물어봐야지.'

그런 엉뚱한 마음을 품은 지영은 자리에서 일어났다. 이제 이 기쁜 소식을 알리러 가야 할 시간이었다.

집 안으로 들어오자 시원한 에어컨 바람이 지영을 반겼다. 밖에서 흘렸던 땀이 급속도로 식으면서 안 그래도 좋던 기분이 더욱 좋아졌다.

거실에서 과자를 먹던 은재가 지영을 보곤 손을 흔들었다.

"으, 읏으?"

"안 뺏어 먹으니까 다 먹고 말해."

꿀꺽!

"흐흐, 팀장님 가셨어?"

"응, 좀 전에."

"무슨 얘기 했어?"

"음… 너 기분 좋아질 얘기?"

"나? 나만?"

"아니. 나도, 우리 가족도 아마 전부 좋아할 만한 얘기야."

"흠……."

은재는 곰곰이 생각에 잠겼다.

그러나 곧 고개를 저으며 모르겠다며 또 흐흐 웃었다.

"휴가."

"응? 휴가? 어? 휴가 가도 된대?"

"응, 가도 된대. 장소까지 잡아줬어. 회사원들이 쓰는 별장이 있는데 거기가 계곡도 괜찮고, 경치도 좋고, 공기도 좋고, 다 좋다던데?"

"진짜? 진짜? 진짜야, 진짜?"

얼굴이 대번에 환해지며 연신 진짜냐고 물어오는 은재를 보자, 정순철이 주고 간 선물이 진짜 제대로란 생각이 바로 들었다.

"응, 진짜야."

"와! 와아! 우와!"

은재는 환호까지 했다.

"그렇게 좋아?"

"응!"

환하게 웃는 은재의 미소는 역시나 햇살을 닮아 있었다. 그래서 지영도 그 미소에 저절로 미소를 짓고 말았다. 은재는 어느새 폰을 꺼내 타다닥! 메시지를 입력해 보냈다.

"지원 언니한테 자랑했다! 나도 휴가 간다고! 흐흐!"

"벌써?"

"응! 지원 언니가 저번 주에 칸나 언니랑 일본 가서 찍은 사진으로 나 놀렸단 말이야. 흐흐, 복수해 줘야지!"

피식.

복수?

지영이 아는 송지원이라면 복수는커녕, 혹을 붙이고 말거다. 아니나 다를까, 얼마 지나지도 않았는데 송지원에게 지이잉! 지이잉! 전화가 왔다. 은재가 아닌 지영에게로 온 전화였다.

'이 누나 성격에 놓칠 리가 없지.'

통화를 터치하기 무섭게 송지원의 목소리가 날아들었다.

─야! 휴가 갈 수 있어?

쩌렁쩌렁 울리는 목소리에 지영은 슬쩍 인상을 썼다가 대답했다.

"네, 된다던데요?"

─헐! 은재가 장난치는 건 줄 알았는데… 나 지금 미국이거

든? 바로 들어갈 테니까 너 꼼짝 말고 기다려!

뚝.

그러곤 전화가 끊겼다.

지영은 고개를 절레절레 젓곤 은재를 보며 어깨를 으쓱했다. 어째 이번 휴가, 굉장히 시끌벅적해질 것 같았다.

하지만 그 시끄러움이 상관없을 정도로 큰 기대감이 들었다. 저녁에 들어온 부모님에게도 이 사실을 알리자, 두 분은 군말 없이 바로 일정을 조정하기로 정했다. 짧게 30분 회의 후, 휴가는 다음 주 수요일부터 일요일까지 가는 걸로 결정이 났다.

*   *   *

휴가 날은 금방 다가왔다.

이동은 차량 세 대로 했다.

강상만의 차, 지영의 밴, 그리고 송지원의 개인 차량이 움직였다. 선두로 차량을 인솔하는 정순철은 지영의 일행을 강원도 해안가로 인도했다. 바다가 보여 휴가 기분을 물씬 느끼기를 30여 분, 그는 다시 산골짜기로 일행을 인도했다. 도착한 곳은 진짜 장난 아니었다. 높은 지대에 있으면서도 길은 잘 닦여 있어 이동 조건도 좋았다. 별장 뒤는 산이고, 그 옆으로는 해수면이 철창처럼 쳐져 있었다. 또 그 반대편은 수림이다. 그림이 정말 예술이다, 예술.

"우와……."

차에서 내린 은재의 넋 놓은 감탄사. 그런데 그건 은재만 그런 게 아니었다. 차에서 내려 주변을 둘러본 모든 이들이 내보인 반응이었다. 지영도 다르지 않았다. 흔히 삼박자라고 하는데, 이곳은 정말 완벽하게 삼박자를 갖추고 있었다.

경치.

공기.

놀이.

이 모든 게 완벽했다.

거기다가 편의까지.

더 이상 완벽할 수가 없었다.

심지어 해수욕장으로 내려가는 전용 케이블카까지 갖춰놓았다. 사원들이야 체력이 좋아서 괜찮지만 가족들이 힘들까 봐 설치를 해놨다는 설명이 있었다. 허허, 헛웃음이 나올 정도였다. 하긴, 정부가 직접 관리하고 운영하는 곳이니 이런 게 있어도 이상한 건 하나도 없었다. 하지만 그래도 대한민국에 이런 절경 속에 별장이 있을 줄이야. 정말 상상도 못 했다.

"어떻습니까?"

넋을 한 반쯤 놓은 지영에게 정순철이 와서 물었다.

"대단하네요……."

"하하! 다행입니다!"

"자신 있게 이곳으로 추천한 이유를 알겠네요."

"오직 회사원들만을 위한 공간입니다."

"다시 묻지만 이런 곳에 저희가 와도 되는 건가요?"

"네, 상관없습니다. 오히려 코드 원이 이곳을 추천한 거니까요."

"정말 고마운 일이네요. 근데 감사 인사는 못… 드리겠죠?"

"제가 전하겠습니다, 하하!"

"그런데 산이라 일하는 데 불편하진 않아요?"

지영이 주변을 둘러보며 묻자, 정순철은 고개를 저었다.

"어차피 입구에서 보셨다시피 민간인 통제 구역이고, 저 산을 넘어가면 군부대가 있습니다. 미치지 않고서야 이쪽으로 올 가능성은 거의 없습니다."

피식.

실소가 저절로 흘러나왔다.

아예 요새다, 요새.

지영이라면, 사십구 호를 이용하면 충분히 가능할 것이다. 요즘과는 궤가 다른 은신, 침투 능력을 알고 있으니까.

'진짜 언제고 감사 인사를 드려야겠네.'

그렇게 다짐하고 생각을 정리한 지영은 짐 나르기를 도왔다.

워낙에 대인원이 와서 짐이 진짜 많았다.

한 사람당 서너 번씩은 왔다 갔다 하고 나서야 겨우 다 짐을 나를 수 있었다. 마당 한쪽에 담배를 피우라고 마련해 놓은 쉼터로 온 지영은 꺼내 온 맥주를 바로 땄다. 치익, 거품 소리가 이상하게도 평소와는 다르게 느껴졌다.

한 모금 크게 마시고 주변을 둘러 본 지영은 담배를 입에 물었다. 산 정상이긴 하지만 아직 정오도 안 된 시간이라 충분히 더웠고, 땀 흘린 뒤에 맥주와 담배는 아주 이상적인 조합이라 '개인적으로는' 그렇게 생각하기 때문이었다.

치익.

"후우……."

쉼터에서는 산 아래, 바다가 한눈에 보였다.

잔잔한 해수면과 그 위를 날아다니는 새, 그리고 아련하게 들려오는 파도 소리까지 정말 최고였다.

돌아오고 나서, 지금까지 받았던 스트레스가 지금 최소 반은 날아간 것 같은 기분까지 들 정도였다. 아니, 진짜로 날아갔다. 기분 좋게 휴식을 취하고, 쉼터 근처에 매달려 있는 해먹에 몸을 눕혔다.

흔들, 흔들.

이것마저 기분이 상쾌해지는 데 엄청난 효과를 발휘했다. 그렇게 눈을 감고 바람과 소리를 한참 즐기고 있는데, 별장 현

관문이 열리며 시끌벅적한 소리들이 들리기 시작했다.

바캉스. 바캉스의 목적은 즐기는 거다.

현대 도심에서 벗어나, 오직 먹고 노는 것에 초점을 맞추는 게 바캉스다. 송지원은 그 점에서 확실히 바캉스를 즐길 줄 아는 사람이었고, 그래서 일정의 60% 정도가 그녀의 지분이었다. 그런 그녀가 첫 번째 일정을 소화하러 일행을 끌고 나오고 있었다. 당연히 일행은 송지원, 칸나, 임미정과 지연이, 그리고 은재였다.

딱 여성들끼리의 일정이 첫 번째였다.

일정의 내용은 물놀이, 즉 해수욕이었다.

송지원은 비키니에 레이스를 허리에 걸쳤고, 당연히 밀짚모자에 선글라스 차림이었다. 칸나도 크게 다르지 않았다. 임미정과 지연이는 원피스 수영복 차림이었다. 은재는 넓은 치마에 래시가드였다.

언젠가 발명되어 수많은 남자들을 좌절시킨 악마의 발명품 중 하나를 은재는 당당히 착용하고 나왔다. 챙이 넓은 검정색 모자에 마찬가지로 선글라스 차림이었다. 그녀와 같이 갈 유선정만 평범한 차림이었다. 지영을 발견한 송지원이 은재와 함께 다가왔다.

"첫 타임은 여자들끼리 하기로 했으니까, 우리끼리 갔다 올게?"

"네, 그러세요."

"후후."

지영이 대답하기 무섭게 송지원은 휠체어를 돌려 사라졌다. 은재가 어, 어! 하는데도 인정사정없이 그냥 끌고 가버렸다. 체념한 은재가 손만 들어 바이바이 했고, 지영은 못 보겠지만 그래도 손을 같이 흔들어줬다.

여성 사원의 안내에 따라 여섯 사람이 사라지는 데 걸린 시간은 10분이 채 걸리지 않았다. 여성 팀이 사라지자, 지영도 해먹에서 일어나 별장으로 들어갔다. 이 시간에 일정이 여성 팀만 있는 건 아니었다. 지영에게도 개인 일정이 기다리고 있었다.

두둑, 두둑.

1층, 자신의 방에서 옷을 갈아입고 나온 지영은 스트레칭을 시작했다. 10분쯤 스트레칭을 하고 있다 보니 저 멀리서 일단의 무리가 편한 차림으로 올라오는 게 보였다.

'적당히, 적당히 하자.'

어느 정도인지는 모르겠지만, 지영은 유혈 사태는 보지 말잔 각오를 새겼다. 하지만 반대로 그런 생각을 하는 지영의 얼굴은 웃고 있었다. 본인도 내심 인정하고 있었다. 간만에 몸을 쓸 생각에 꽤나 신났음을 말이다.

정순철과 함께 이동한 곳은 입구 근처에서 보았던 3층짜리 별장이었다. 전자 도어를 열자 안으로 들어간 지영은 그냥 피식 실소를 흘리고 말았다. 일단 들어가자 보인 건 네 군데로 조성해 놓은 특이한 공간이었는데, 보자마자 지영은 그 의도를 알 수 있었다.

'평범한 가정집, 진흙, 모래밭, 아스팔트 바닥이라……'

각 장소를 염두에 두고 조성해 놓은 훈련 공간임이 분명했다.

"일단 이 층으로 가시죠."

"네."

그를 따라 2층으로 올라갔더니, 이번엔 도장이 나왔다. 유도장 두 개 정도 되는 넓은 공간이었다. 매트 위로 올라가 바닥의 쿠션감을 확인했다. 유도 매트보다 좀 더 단단한 감이 있었다. 지영은 만족스러운 표정으로 고개를 끄덕였다. 바닥이 너무 딱딱해도 제대로 힘이 들어가지 않기 때문이었다.

한 15명쯤 되는 사원들이 각자 몸을 풀기 시작했다.

지영도 다시 몸을 풀면서 옆에 있던 정순철에게 슬쩍 소곤거리듯이 물었다.

"혹시 저분들 다 상대해 달라는 건 아니시죠?"

"하하, 설마요. 오늘은 세 명만 하겠습니다."

그렇게 대답한 뒤에 정순철은 몸을 풀고 있는 사원 중, 가장 젊어 보이는 사원 한 명을 손으로 불렀다.

"정철아, 가서 장비 가져와."

"네, 팀장님."

정철이라는 사원이 3층으로 올라갔다.

"좀 특수한 장비를 착용할 겁니다."

"네, 괜찮아요."

다리를 쭉쭉 찢는 지영은 자신을 흘끔흘끔 보는 시선들에 저도 모르게 다시 피식 웃었다. 스무 살 먹은 사내가 하기에는 지나칠 정도로 유연한 스트레칭이었다. 발레리노가 할 정도로 쭉쭉 찢고 있으니, 이런 시선도 당연했다. 하지만 지영은 혹시 모를 상황을 염두에 두고, 포박에서 빠져나갈 수 있게 몸 전체를 어릴 적부터 관리해 왔다. 관절이 굳기 전에 이미 손을 써봤으니, 성인이 되어서도 이런 고강도 스트레칭이 크게 무리는 없었다. 그사이 정철 사원이 박스를 세 개나 들고 내려왔다.

앞이 안 보일 텐데도 용케 들고 왔다고 지영이 생각할 때, 정순철이 박스를 열고 지영에게 장비를 착용시켜 줬다.

헤드기어와 조금은 묵직한 조끼였다.

카드를 조끼 등 쪽의 어딘가에 집어넣자 삐! 삐! 삐! 날카로운 소리가 세 번이나 울렸다. 무슨 장비인가 대충 감이 와서 지영은 굳이 묻지 않았다. 하지만 정순철은 또 굳이 설명을 했다.

"헤드기어와 조끼에 전달되는 충격량으로 대미지를 계산합니다. 각 부위별로 한계치가 있어서 누적량이 그 이상 넘어가면 길게 삐 소리가 납니다. 그 소리가 나면 행동 불가 상태라고 보면 됩니다."

"저분들은 고통에 더 익숙하지 않나요?"

"웬만한 성인보다 세 배 이상 기준치를 높게 잡아놨습니다. 그 정도면 얼추 저들과 비슷합니다."

"저는요?"

"하하, 지영 씨도 똑같이 설정했습니다."

"이런, 일반인 어드밴티지를 좀 기대했는데."

"하하! 확실히 여유가 생긴 것 같습니다. 그런 농담도 하고."

"그런가요? 좋은 곳을 추천해 주셔서 그런가, 마음이 가볍긴 하네요."

장비를 입은 채 몸을 움직여 보는 지영은 이번에도 만족스럽게 고개를 끄덕였다. 신소재에 신기술이 들어갔는지 입고 움직이는 데 어떤 불편함도 없었다.

"헤드기어는 물론 조끼에도 충격을 적당히 완화하는 기능이 있습니다. 하지만 반대로 충격이 전해지면 조끼 안쪽의 소재가 잠시간 경직되면서 동작의 불편함을 가져옵니다."

"맞은 부위의 불편함을 재현한 건가요?"

"네, 그렇습니다."

"좋네요."

이 정도면 부상 걱정 없이 대련에 임할 수 있을 것 같았다. 하체 부위는 어쩔 수 없지만, 그 정도는 알아서 피하거나 견뎌내는 게 나았다. 그리고 아무런 위험 부담도 없으면 분위기를 제대로 낼 수 없으니 이 정도가 딱 좋았다.

"슬슬 시작할까요?"

"준비 다 되셨습니까?"

"네, 딱 좋네요."

뚜둑, 뚜둑.

목을 풀어준 뒤 매트 위 적당한 곳에 가서 서자, 정순철이 착 가라앉은 사원들에게 손짓을 했다. 그러자 세 사람이 앞으로 튀어나왔다. 다부진 체형의 사내, 날렵한 체형의 사내, 그리고 둘을 딱 합쳐놓은 것 같은 여성까지 셋이었다.

앞에 선 세 사람을 차례대로 훑어보던 지영은 또다시 피식 웃고 말았다. 다부진 체형의 사원의 눈에서 짙은 불만을 읽었기 때문이다. 아니, 깔봄?

'넌 안 믿는구나?'

아마 저 사원은 지영의 실력을 깔보고 있고, 그 영상 역시 안 믿는 게 분명했다. 아무리 회사라지만 저런 사내 한 명쯤은 있을 줄 알았다.

'아니, 없었으면 서운할 뻔했지.'

다들 착하고 사명감이 넘치면 미안해서 어떻게 제대로 대련에 임하겠나? 그런 그에게서 시선을 떼고, 날렵한 사원을 봤다. 이 사내는 지극히 평범했다. 호기심? 딱 그 정도였다. 그리고 마지막 둘을 합쳐놓은 것 같은 여성 사원을 보았다.

"……."

"……."

시선이 딱 마주쳤는데, 지영의 표정은 조금씩 굳어갔다.

'이것… 봐라?'

진짜다.

지영은 이 여성 사원이 진짜라는 걸 눈이 마주치는 즉시 알 수 있었다.

두 사내보다 이 여자가 진짜라는 걸.

이 여자, 검문의 레이 옌과 흡사한 기세를 풍기고 있었다.

레이 옌.

주산군도에 위치한 여성들로만 이루어진 문파였다. 옛날 전란을 피해 힘없는 아녀자들끼리 섬에 모여 스스로를 지키기 위한 수단으로 검을 쥐었고, 그렇게 세월이 흐르고 흘렀는데도 검문은 아직도 명맥을 이어오고 있었다.

그런 검문에서 지영을 보러 왔던 문도가 있었다.

레이 엔.

한 자루의 잘 벼려진 검 같은 기세를 풍기던 검도의 고수였다.

영화 촬영 때는 목검과 근접 박투로 승부를 봤다.

그래서 그녀도, 지영도 본인 실력을 전부 내보인 건 아니었다.

'한끝 차이로 승부를 봤으니까.'

근육의 폭발력을 사용하지 못했다면 아마 지지부진하거나 피 튀기는 박투가 됐을 게 분명했다. 어쨌든 그랬던 게 레이 엔, 검문의 문도였다. 그런데 지금 그런 레이 엔과 아주 흡사한 기세를 풍기는 여성 사원이 눈앞에 있었다.

지영의 시선을 받은 그녀는 조금의 미동도 없었다.

호수처럼 고요한 기세가 담긴 눈빛을 보며 오늘 대련이 왠지 짜릿짜릿할 것 같단 기분이 들었다.

"지영 씨, 그럼 시작할까요?"

"네, 저는 준비됐습니다."

"네, 그럼… 승철이 앞으로."

눈가에 불만을 담고 있는 사원이 앞으로 나왔다. 지영은 차라리 이 사내가 먼저 나와서 다행이라 생각했다.

대련인 만큼 인사까지 하고 나서야 본 게임이 시작됐다.

지영은 두어 걸음 뒤로 물러났다.

승철은 고개를 까닥거린 뒤에 단숨에 지영에게 달려들었다.

쉭, 쉭쉭!

원, 투 스트레이트.

호흡을 이상하게 쓰는 변칙 스타일 같았다.

턱, 턱턱!

그러나 이 정도에 맞으면 환생자란 타이틀이 너무나 서럽게 울 것이다. 지영이 가볍게 주먹을 손바닥으로 쳐 빗겨내자 '오…' 하고 사원들이 홀린 낮은 탄성이 귓가로 쏙! 하고 들어왔다. 빙글, 지영은 다시 신형을 돌려 두 걸음 물러났다.

뚜둑, 뚜둑.

승철은 지영이 너무 가볍게 자신의 주먹을 쳐낸 게 기분이 별로였는지 목을 거칠게 풀고는 다시금 달려들었다. 이번엔 몸을 흔들어 페이크까지 섞어서 달려들었다. 하지만 그래봐야 애송이다.

변칙?

'칼을 든 무사도 아닌데……'

까다로울 일이 있겠냐?

이런 놈은 제대로 알려줘야 한다.

어차피 보여주기로 한 마당이니 지영은 아주 확실하게 보여주기로 했다. 페이크와 동시에 허벅지로 날아드는 로우킥. 하지만 이미 알고 있던 지영은 그걸 앞발로 툭 밀어버렸다. 자세가 무너지고, 승철의 상체가 앞으로 쏠려 나왔다.

스윽.

지영은 밀어 찼던 발을 땅에 디디고, 앞으로 나아갔다.

"사람을 무시하면."

퍽!

빠각!

옆구리, 그리고 턱.

옆구리는 상체의 회전력을 얻기 위해 툭 쳤다고 해도, 끊어 쳐올린 숏 어퍼는 제대로였다.

삐……!

삐……!

단숨에 두 번의 소리가 울렸다.

승철은 인상을 찌푸리고 뒤로 물러났다. 하지만 지영은 이 사원에겐 숨 돌릴 시간을 별로 주고 싶지 않았다.

파박!

"흡!"

단숨에 파고 들어오자 놀랐는지 헛바람을 들이켜며 발작적으로 주먹을 뻗었다. 지영은 그걸 팔꿈치로 막은 뒤, 그대로 헤드기어째 박치기를 날렸다.

빡……!

"칵……!"

"이렇게 되는 거야."

지영이 떨어진 이후에도 기계에서 경고 소리는 없었다. 대신 승철 본인이 악을 쓰는 것처럼 세 번이나 고통에 찬 비명을 질렀다. 무시? 아서라. 어디 할 사람이 없어 지영에게……

뚝, 뚝, 후두둑! 코피가 왈칵 터지자 바로 정순철이 개입했다.

"그만!"

무식하게 끝냈지만 지영은 별로 저 사원에겐 본신의 실력을 보여주고 싶진 않았다. 그래서 더 깔끔하게 끝낼 수 있었음에도 굳이 박치기로 코피를 터뜨려 버린 것이다. 아마 이 짧은 장면에서 지영의 실력을 알아낸 사람은 몇 없을 것이다. 지영은 다시 뒤로 물러나 여성 사원을 바라봤다.

여전히 호수처럼 착 가라앉아 있는 눈빛이다. 임미정의 말이 뜬금없이 생각났다.

신입 사원이 들어왔는데, 눈빛이 참 인상적이었다고. 어째 저 여성 사원은 임미정을 지키고 있는 것 같았다.

테러가 지영 본인에게만 일어난다는 확실한 보장이 없으니 딱 봐도 에이스로 보이는 저 사원을 입사시킨 게 분명했다.

"야, 봤냐? 세 방이다, 세 방. 조승철이가 세 방에 뻗었다."

"헤드기어 없었으면 첫 방에 골로 갔을 수도 있어. 저놈 턱 별로 안 단단하잖아."

"한 방에 경고음 울린 거 보니 그러고도 남았겠다."

"하, 영상으로 봤을 때도 느꼈지만 궤적이 죽인다, 진짜."

"숏 어퍼가 저렇게 날카롭고 아름다울 줄은 몰랐다. 손바닥 으로 올려 치는 것도 아닌데 충격량도 상당하고."

"저렇게 서너 방이면 너나 나도 훅 가겠다."

가장 앞에 서 있는, 나이가 제일 많아 보이는 두 사원의 대화가 들리면서 지영을 다시 집중하게 만들었다. 승철 사원이 동료의 부축을 받아 퇴장하고, 날렵한 사원이 뒤이어 나왔다. 역시 여성 사원이 가장 마지막인 것 같았다. 하긴, 지영이 보자마자 느낀 걸 여기 있는 다른 사원들이 같이 일까지 하는데도 못 느낄 리는 없었을 거다.

"신주석, 나와라."

정순철의 말에 호리호리한 것 같지만 딱 각이 잡혀 날렵해 보이는 사원이 앞으로 나섰다. 그의 눈빛에 있던 호기심은 사라지고, 지금은 경계심으로 변해 있었다. 이번엔 따로 인사도 없었다.

그가 나오자 지영은 다시 물러났고, 신주석은 자세를 잡았다. 이 사원은 신중했다. 어디서 배운 건지는 잘 모르겠지만 자세도 굉장히 독특했다.

'리치를 이용한 공격이 특기인가……?'

팔다리가 굉장히 길다.

채찍처럼 휘갈기는 아웃 복서로 나갔으면 꽤 잘나갔을 것 같단 생각이 들 정도로 팔다리가 길었다.

그리고 실제로 복싱을 배우긴 했는지, 슬슬 밟아가는 스텝 속에 복싱이 스며들어 있는 것 같았다.

스윽.

휙!

날카롭게 날아드는 잽. 지영은 고개를 슬쩍 젖히는 걸로는 안 된다는 것을 알고는 한 걸음 물러났다. 쉭! 소리를 내며 주먹이 코 바로 앞에서 돌아갔다. 이 한 방에 복싱을 배웠다는 확신이 들었다.

'하지만 복싱이 전부는 아니겠지.'

회사에 취직하는 데 근접 격투 특기가 꼴랑 복싱 하나? 서류에서 탈락하고도 남을 것이다. 복싱을 무시하는 건 아니지만, 이 세계에서 버티기에는 복싱 하나로는 힘겹다 못해 어림도 없었다.

휙! 휘릭!

연달아 잽이었다.

이는 경계심 때문에 일어난 본능적인 공격이자 방어였다. 아까 승철이 박살 난 걸 보고 초근접전은 피하고 싶은 게 분명했다.

"눈 한번 깜빡 안 하네."

"저 정도야 기본이고."

"기본이 가장 힘든 건 모르냐?"

또 잡담이 들려왔다.

"거기 두 사람, 조용!"

정순철이 주의를 주자 두 사람은 바로 입을 다물었다. 그 짧은 순간에도 잽이 연달아 날아왔다. 이번엔 아까와는 좀 달랐다. 거리를 잰 것 같았다. 하지만 지영은 또 이 짧은 틈을 놓치지 않았다.

파박!

잽! 잽! 원투!

슉!

지영이 빠지자 바로 다가와 로우킥을 갈겼다. 그러나 지영은 이미 빙글 돌면서 간격에서 빠져나가고 있었다.

"어! 저, 저!"

사원들의 탄식이 들리는 순간 퍽! 지영의 주먹이 옆구리를 후려 갈겼다.

삐이!

날카로운 기계 소리에 서주석은 퍼뜩 뒤로 물러났다. 그러곤 고개를 갸웃했다. 뭔가 생각대로 되지 않았을 때 나오는 반응이었다. 그럴 수밖에. 지영의 동체 시력과 그 동체 시력으로 어깨, 허리, 다리, 움직임을 포착한 뒤에 나오는 예측 능력은 굉장히 뛰어나다. 아무리 동작을 안 보이려고 해도, 어쩔 수 없이 타격에 회전력을 실으려면 비틀림은 반드시 일어난다. 지영은 그걸 확실하게 볼 수 있는 관찰자였다.

그러니 이미 공격 동작이 제대로 펼쳐지지도 않았는데 지영은 그 궤적 안에서 벗어난다. 그러니 뭔가 흐름을 이상하게 느끼고 있을 거고, 고개가 절로 갸웃거리게 된 것이다. 거리를 벌린 그는 바로 복싱 스텝을 버렸다.

그러곤 단숨에 달려들었다.

조심성 있어 보이던 그가 이런 선택을 한 것은 어차피 복싱으로는 안 돼서 본신의 실력을 꺼내 보인 것이다. 그리고 그는 느끼고 있었다. 괜히 좀 전처럼 까불거리다간 승철처럼 단숨에 끝날 거란 걸 말이다.

쉭!

쉬익!

중지를 말아 쥔 주먹이 턱을 노리고 날아왔다. 지영은 이번엔 피하지 않았다. 이렇게 작정하고 들어오는데 피하는 건 대련의 의미가 없음을 알기 때문이다.

탁!

손바닥으로 쳐내고, 그대로 내리 꺾어 팔꿈치를 휘둘렀다.

"윽!"

제대로 맞았으면 또 삐……! 하는 소리가 한참을 울렸을 거고, 그걸로 대련이 바로 끝났을 것이다.

팍! 파박!

주먹이 날고, 걷어내고, 올려치고, 피하고, 초근접 거리에서 두 사람이 가진 근접 격투술이 제대로 발휘됐다. 하지만 그렇다고 대등한 건 아니었다. 지영의 주먹이 워낙에 빠르고 정교했다.

그리고 근접 거리라 서주석이 더 불리했다.

리치가 긴 만큼 팔을 전부 뻗는 데 공간과 거리 제약이 있었고, 그 틈을 지영은 굳이 놓아주지 않았다.

휙! 쉬익!

탁, 픽! 빠악!

팔을 쳐낸 지영이 상체를 숙여 배에 스트레이트 한 방, 그리고 겨드랑이 바로 아래에 다시 숏 어퍼를 한 방 먹였다.

삐이익!

소리가 다시 한번 울렸고, 서주석은 정신없이 물러났다. 하지만 여태 굳이 거리를 주지 않던 지영이, 물러난다고 또 굳이 봐줄 생각은 없었다.

파바박!

허벅지와 종아리 근육에서 나온 폭발력은 곧 속도로 변했다. 물러나는 서주석보다 더 빨리 다가온 지영이 팔을 쭉 뻗었다. 그러나 그는 이렇게 쉽게 당할 생각은 없는지 손바닥을 휘둘러 지영의 손을 쳐냈다. 아니, 쳐내려 했다. 쳐내는 순간 손바닥을 휘감아 잡은 지영은 그대로 툭 잡아 당겼다. 물러나고 있었지만, 지영이 잡아채는 타이밍이 너무 절묘했기 때문에 서주석은 그냥 속절없이 상체가 앞으로 끌려왔다.

"큭……!"

그래도 포기하지 않고 그 순간에 무릎을 차올렸다. 그러나 지영은 팔꿈치로 채 올라오지도 않은 서주석의 허벅지를 그대로 찍어버렸다.

"어윽……!"

빡!

빠각!

그리고 관자놀이에 한 방, 턱 옆을 한 방을 먹이자 삐이이……! 기계가 세 번째 울었다.

"그만!"

서주석의 상체가 흔들리자 정순철이 바로 대련을 막았다. 지영은 뒤로 물러났다. 털썩. 팔꿈치에 찍힌 허벅지가 꽤나 아픈지 인상을 찡그리고 그대로 주저앉았다.

"아으……."

"괜찮아요?"

"아, 네. 괜찮습니다."

서주석은 사람이 괜찮았다.

인상을 찡그린 상태였는데도 그래도 참고 웃음을 보여주며 대답했으니 말이다. 지영은 고개를 꾸벅 숙이고 후우, 하고 한숨을 흘렸다. 대련 대기를 하는 사원 말고 다른 여사원이 물을 가져다줬다.

"아, 고맙습니다."

"…네."

지영의 인사에 작게 인사한 그녀의 얼굴에는 숨길 수 없는 홍조가 깃들어 있었다. 그걸 못 본 척한 지영은 물을 딱 한 모금만 마셨다. 그렇게 숨이 찬 것도 아니고, 딱히 목이 마른 것도 아니었으나 적당히 입안에 수분을 넣어주는 것도 나쁘지 않았다.

"바로 할까요? 아님 좀 쉬었다 할까요?"

"음… 저는 아무래도 상관없습니다."

"음, 십 분 정도 쉬었다 할까요?"

"네, 그래요, 그럼."

정순철은 '10분 휴식'이라 외치고 지영을 한쪽으로 안내했다. 문을 열고 나가자 바로 정면이 산이었다. 권한 담배를 입에 물고, 불을 붙이자 어딘가 착잡한 목소리로 정순철이 물어왔다.

"진짜 그런 실력… 대체 어디에서 갖추신 겁니까?"

"……."

제법 난감한 질문이라, 지영은 그냥 쓴 미소를 지었다.

담배 연기를 내뿜으며 힐끔 바라본 정순철의 얼굴은 꽤나 복잡했다. 사원. 요원들을 은유적으로 부르는 단어가 사원이다. 이 사원들은 일반적인 회사원과는 전혀 다른 업무를 수행한다. 흔히 영화나 드라마에 나오는 공작, 요인 암살, 요인 경호, 정보 탈취, 전달 등등의 업무가 그렇다.

대한민국 국정원 요원이 타국의 요인 암살을 할 이유는 거의 없으니 암살을 빼면 대부분 한다고 보면 된다. 그래서, 그렇기 때문에 회사원 선발은 굉장히 엄격했다. 특히 예전과는 다르게 국내 공작이 금지되어 있기 때문에 더더욱 엄별해서 뽑는다. 마인드도 그렇지만 실제 실력 또한 어디 내놔도 빠지지 않는 게 바로 회사의 사원들이었다. 그런데 그런 사원 둘이 합쳐서 지영에게 고작 10분을 버티질 못했다.

지영이 뭔가 특별한 수를?

아니었다.

너무 평범한 수만 써서 이렇게 정순철의 마음이 심란하고 복잡했다.

빌어먹을! 멍청이들! 하고 손가락질해도 그 둘은 아무 말도 못 할 정도로, 정말 별것 없는 수만 썼다.

정순철이 아무리 사람이 좋고 둥글둥글하게 굴어도, 자존심은 누구 못지않게 강하고 높았다.

"하하, 역시 말해줄 수 없겠지요?"

정순철은 지영이 답을 않자 겨우겨우 웃는 낯으로 그리 되묻고 말았다. 궁금한 것도 궁금한 건데, 어떻게 배웠는지를 좀 알면 그나마 덜 억울하고, 덜 자존심 상할 것 같아서였다. 하지만 당연히 지영은 그걸 말해줄 순 없었다.

그래서 그냥 웃어줄 뿐이었다.

지영은 담배를 마저 태우고 끈 다음, 물로 입안을 헹궜다.

"대련 끝나고 달리 또 뭘 하나요?"

"아니요. 오늘은 몸 풀기도 포함되어 있으니까 대련이 마지막입니다."

"다행이네요. 마지막은 좀 벅찰 것 같았는데."

"네?"

"딱 봐도 그 여성 사원, 쉽지 않겠더라고요."

"…그것도 알아보셨습니까?"

"그 정도야 딱 보이죠. 그리고 대련 때문에 셋이 나왔는데 맨 마지막 타자로 남겨둔 이유도 있을 거고."

"…하하."

그래, 확실히 티가 나긴 났다.

하지만 본신의 실력까지 꿰뚫어 볼 줄은 몰랐기 때문에 정순철의 웃음에 어이없음이 가득 담겨 있었다.

"들어갈까요?"

"네, 그러시죠……."

지영은 안으로 들어오자 매트 중간에서 몸을 풀고 있는 여성 사원이 단박에 눈에 들어왔다. 뭔가 특별하게 몸을 푸는 것도 아니었다. 그냥 팔다리, 관절 등을 돌리면서 풀어주는 정도인데도 확실히, 정말 소름 끼치게 남들과는 뭔가 달랐다. 그리고 지영은 그걸 단박에 알아볼 안목을 지니고 있었다.

'잘하면 어디 한 군데 제대로 맞겠는데?'

레이 옌과 붙었을 때도 잘못했으면 한 방 제대로 얻어맞았을 거다. 하지만 순간적으로 근육이 무리가 갈 정도로 힘을 폭발시켜 겨우 치고받는 장면 없이 끝낼 수 있었다. 지영도 준비를 하고 매트 중간으로 갔다.

꾸벅.

"성수정입니다. 어머님 재단에서 일하고 있어요."

역시, 언젠가 임미정이 말했던 눈빛이 굉장히 깊고, 인상적인 신입 사원이 이 여성이었다. 지영은 그래서 정중하게 인사를 했다.

"강지영입니다. 어머니 잘 부탁드릴게요."

"네, 그럼……."

성수정이 정순철을 힐끔 보고 고개를 끄덕인 뒤 지영처럼 뒤로 두어 걸음 물러나 자세를 잡았다. 지영과 굉장히 흡사한 자세였다. 하체만 살짝 굳힌, 언제든 움직일 수 있는 자세에 상대를 도발하는 감정이 다분하게 담긴 그런 자세였다.

그래서 지영은 또 피식 웃을 수밖에 없었다. 지금까진 들어오는 상대를 받아 카운터 공격으로 상대했다.

하지만 성수정은 그게 별로 효과가 있어 보이질 않았다.

'이번엔 먼저 들어가 보자.'

슥, 사삭.

지면에 발이 좀 미끄러지는 것 같은가 싶었을 때, 지영의 신형은 이미 두 사람 간에 간격을 반으로 좁히고 있었다.

쉭!

그러자 태권도의 앞차기처럼 가볍고, 재빠른 일격이 턱으로 쭉 솟구쳐 올라왔다.

'발을 쓴다?'

실제로 발이 주먹보다 얼마나 느린지 알면, 보통은 잘 안 쓰는 게 발을 이용한 공격이다. 크고 화려하고 강력하지만, 발차기를 이용한 공격의 한계는 너무나 명확했다. 근데 지영이 보기에 성수정도 그걸 모를 정도의 실력은 아니었다. 그래서 고개만 틀어 피하려다가, 아예 옆으로 쭉 돌아버렸다.

쉬익!

그러자 성수정은 발차기의 축이 됐던 발을 상체의 회전을 쥐서 비틀었고, 그대로 차올렸던 발을 채찍처럼 휘감아왔다.

'역시.'

탁!

지영은 그 발을 결국 손바닥으로 툭 밀어냈다.

'흠…….'

손바닥으로 제대로 밀었는데도 은은한 통증이 느껴졌다. 그렇다는 건 제대로 맞았으면 정신이 번쩍 들 정도의 공격이었단 소리였다.

"오오……."

사원들 사이에 잠시 웅성거림이 일었다. 처음 두 사람과는 전혀 다른 시작이었기 때문이다. 기다렸던 지영이 달려들었고, 달려들다가 오히려 선제공격에 걸려 뒤로 물러났다. 거리를 좁히지 못한 것이다.

지영은 성수정을 가만히 바라봤다.

'어디서 봤는데?'

성수정이 아닌, 성수정이 좀 전에 선보인 공격이 어쩐지 낯이 익었다. 분명 예전에 겪어본 적이 있었던 것 같았다. 하지만 일단 생각을 접었다. 지금 당장은 그게 중요한 게 아니었기 때문이다.

스윽.

숙!

또다시 발끝이 송곳처럼 턱 밑을 파고들어 왔다.

그 정도였으면 사실 크게 문제될 게 없는데, 굉장히 빨랐다. 체형도 모델처럼 쭉쭉 빠지거나, 아니면 날렵하게 보일 정도가 아닌 데도 순간 가속도가 거의 지영만큼 빨랐다. 정말 눈 깜빡할 사이에 턱을 노리고 발끝이 쭉 올라오고 있었다. 게다가 제대로 맞으면 턱이 흔들리는 정도로 끝나지 않을 기세까지 담고 있었다.

하지만 이번에 지영의 행동은 좀 전과는 달랐다.

끝을 정확히 응시, 그리고 타격 순간에 고개만 슬쩍 비틀었다. 동체 시력이 진짜 어지간히 좋지 않으면 불가능한 완벽한 타이밍이었다. 그래서 힘을 풀지 않았고, 발끝은 지영이 턱이 있던 높이를 지나쳐 위로 쭉 솟구쳐 올랐다.

그러면서 정면에 공간이 텅 비어버렸다.

발을 이용한 공격이 위험한 게 이런 거다. 공격이 실패하면 빈틈이 순식간에 노출되는 이런 점은 실전에선 죽음으로 이어진다.

흠칫!

지영은 들이밀던 상체를 급히 뺐다.

어느새 성수정은 상체를 뒤로 빼고 있었다. 그리고 그와 동시에 솟구쳤던 발이 멈추면서 발바닥이 지영의 머리를 노리고 그대로 꺾어 떨어지고 있었다. 하지만 지영은 예상하고 있었다. 이 정도 실력자가 설마 그걸 몰라서 계속 발 공격을 고집하는 게 아니란 걸 알기 때문이었다.

발차기는 덫이었다.

들어오면 역으로 감아 잡아먹겠단 덫. 방울뱀의 꼬리처럼 홀리면 치명적인 독성을 지닌 이빨이 몸에 박힐 것이다.

하지만 이 정도에 당하면 지영이 이런 대련을 수락하지도 않았을 것이다.

숙여져 있던 상체가 펴지면서, 지영은 바로 몸을 띄웠다.

"윽!"

덕분에 발바닥이 채 머리에 닿기도 전에 지영은 어깨를 그 사이로 집어넣었고, 그대로 번쩍 들어 올렸다. 성수정이 난처함이 담긴 탄성이 흘러나온 건 몸이 그대로 붕 떴기 때문이었다.

"흡!"

지영은 그대로 안았던 몸을 들어 올렸다, 내려찍었다. 성수정은 그걸 짐작했는지 호흡을 꽉 잡고, 상체에 바짝 힘을 주면서 머리를 치켜세웠다. 지영은 그걸 봤으면서도 인정사정없이 그대로 끝까지 있는 힘을 다해 내려찍었다.

쾅!

매트가 부르르! 떨릴 정도로 강하게 처박았지만 성수정의 날카로운 눈빛이 지영의 눈에 들어왔다.

퍽!

지영이 지면에 발을 디디려는 순간 성수정은 오히려 발을 고리처럼 감고, 지영의 얼굴을 발바닥으로 확 밀어 찼다. 못 피한다는 걸 짐작한 지영은 일단 최대한 고개를 빼며 비틀었다. 덕분에 볼이 얼얼한 정도의 통증이 오늘 처음으로 덮쳐왔다. 상체가 쭉 밀려서 그대로 몸을 굴려 일어난 지영은 이미 일어나 빠르게 달려드는 성수정을 반겨야 했다.

쉭!

쉭, 쉭!

발은 빼고 이젠 주먹, 손날, 팔꿈치 등이 지영의 전신을 노려왔다. 공격이 굉장히 매섭고 빨랐다.

그렇다고 여성의 몸이라 힘이 부족한가? 그것도 아니었다. 쳐낼 때마다 은은한 충격이 전해질 정도였다.

제대로 맞으면 그대로 골로 가는 공격.

팍! 파박!

그렇다고 지영도 가만히 있는 건 아니었다.

지영이 즐겨 쓰는 카운터. 순간의 틈을 파고드는 예리한 카운터에 성수정은 이미 턱 끝을 한 대 맞았고, 옆구리로 제대로 박혀 삐! 소리가 한 차례 울렸다. 아까 내려찍었을 때도 울렸지만 지영은 그건 카운터에서 빼기로 했다. 기계에 간 충격이지, 제대로 들어간 게 아니기 때문이었다.

실제로 성수정은 쌩쌩했다.

들어가지도 않은 대미지를 계산하는 법은 없었다.

쉭!

얼굴을 스치고 지나가는 수도. 걸렸으면 볼살이 쭉 밀릴 뻔했다. 그사이 지영은 다시 성수정의 옆구리에 스트레이트를 먹였다. 제대로 걸렸다. 그런데 그녀는 이젠 윽! 하는 신음도 내지 않았다.

그만큼 현재의 초 근접전에 집중하고 있다는 뜻이었다. 그리고 그건 지영도 마찬가지였다. 이 여자, 확실히 근접전에서는 레이 옌보다 위였다. 그동안 만났던 어중간한 것들보다 훨씬 더 주먹, 다리를 잘 썼다.

퍽!

휘어 들어온 로우킥이 지영의 허벅지를 그대로 후려갈겼다. 절로 코끝이 찡그려지는 강력한 한 방이었다.

빡!

하지만 그 순간 지영도 손바닥 안쪽으로 관자놀이를 후려갈겼다. 성수정의 고개가 휙 돌아갔다. 그대로 쫓아가던 지영은 흠칫! 등골을 타고 올라오는 소름 때문에 그대로 고개를 숙였다. 쉬익!

머리가 돌아가니 그 회전력을 그대로 이용한 엘보가 지영의 머리 위를 한 뼘 차이로 스쳐 지나갔다. 맞았으면 의식이 흔들렸을 정도로 위험한 공격이었다. 숙였던 상체를 세우며 다시 앞으로 나갈 찰나였다.

"그만! 그만하시죠!"

정순철이 두 사람 사이로 끼어들었다.

번쩍! 눈을 뜬 성수정이 정순철을 빤히 바라봤다. 그리고 그건 지영도 마찬가지였다.

뭐지? 왜 이 타이밍에 끼어들지?

설마 이 양반, 큰일 보고 뒤 안 닦은 것 같은 찝찝함을 넘겨줄 생각인가?

그런 생각에 후끈 달아올랐던 고조감이 사악 식어가는 걸 느낀 지영은 인상을 제대로 찌푸렸다.

"자자, 그만하시죠. 이러다 두 사람 다 크게 다치겠습니다."

"……"

지영이 빤히 보자 정순철은 얼른 성수정을 바라봤다.

"오늘은 여기까지 한다. 일단 물러나."

"…네, 팀장님."

확실하게 불만스러운 어조로 답을 했지만 그래도 성수정은 일단 상관의 명령에 뒤로 물러났다.

"아……"

지영도 그걸 보면서 짧은 탄성과 함께 고개를 절레절레 저었다. 성수정이 물러나자 흥이 확 식어버렸다. 확실히 끝까지 갔으면 둘 중 하나는 바닥에 대자로 뻗어 있을 것이다. 하지만 그래도 그게 무서워 중간에 대련을 멈춘다?

정순철의 마음이야 이해한다.

강지영이 경호 대상이지, 교관이나 쓰러뜨릴 대상이 아니기 때문이다. 경호 대상을 경호원이 때려눕힌다?

진짜 말도 안 되는 일이기는 했다.

그래서 지영은 그걸 이해하면서도, 한편으론 역시 찝찝함을 버리지 못했다.

흥이 완전히 식었다.

장비를 벗은 지영은 성수정을 바라봤다.

"……."

"……."

마주친 시선 속에 미약하게 끄덕이는 두 사람의 머리. 모종의 약속이 눈빛으로 전해지고, 받아들여졌다. 피식. 그녀의 마음을 확인한 지영은 정순철에게 짧게 고개를 숙여 인사를 하곤, 체육관을 벗어났다.

Chapter64
만월(滿月)의 밤

바캉스의 꽃 중 하나는?

바비큐 파티를 절대로 빼놓을 수 없다.

대련을 끝낸 지영은 먼저 정순철의 도움을 받아 강상만과 바비큐 준비를 했다. 정순철은 괜찮다고 하는데도 굳이 도와주겠다며 버티는 바람에 어쩔 수 없이 도움을 받았다. 한 시간 좀 안 걸려서 준비를 끝내고, 지영도 씻고 휴식을 취했다.

바닷가에서 4시쯤 올라온 여성들이 씻을 때쯤에 지영은 다시 밖으로 나갔다. 텐트를 비롯한 모기장, 의자, 테이블과 바비큐 그릴 준비야 마쳤고, 음식은 유선정과 임미정이 전부 준비를 해 와서 아이스박스째 꺼내놓기만 하면 끝이었다.

그렇게 준비를 마치고 나서 지영은 해먹에 누워 잠시간 쉬었다. 4시에 올라온 여성들이 6시가 다 되어서야 나오자, 그때부터 바비큐 파티가 시작됐다.

임미정도 임미정이지만, 유선정의 음식 솜씨는 진짜 기가 막혔다. 오죽하면 엄마 편을 드는 지연이조차 유선정이 만든 음식을 조금은 더 좋아할 정도였다. 특히 그녀가 재워 온 간장, 양념 꼬치는 진짜 일품이었다.

고기의 부드러운 육질은 둘째 치고, 간이… 간이 정말 최고의 황금 비율이었다. 맵지도, 짜지도, 달지도, 시지도 않은, 모두 천연 조미료와 숙성으로 이루어낸, 정말 말로 표현하기 어려울 정도로 맛있었다.

"와아, 언니, 언니. 이거 소스 좀 남은 거 있어요?"

송지원도 처음 맛보는 게 아닌데 연신 감탄을 터뜨리며 꼬치를 굽고 있는 유선정을 귀찮게 하고 있었다.

"집에 좀 싸놓은 게 있긴 있는데, 휴가 끝나고 집에 들러 가져갈래요?"

"네! 네! 와… 소스가 진짜, 우와, 죽인다, 죽여."

털털한 아저씨처럼 감탄사를 내놓은 그녀는 다시 은재의 옆에 찰싹 붙었다. 슬그머니 끼어들은 정순철과 함께 고기를 구워 먹던 지영은 그런 송지원의 행동에 은재가 이상하게도 행복해하니, 요상하게도 샘이 조금은 나는 것 같았다. 하지만 굳이 그걸 겉으로 표출하진 않았다. 속 좁은 사람으로 보이긴 싫었기 때문이다.

행복해하는 은재의 미소가 불빛에 비춰 마치 부메랑처럼 날아 지영의 가슴에 담겼다.

"미소가 참 밝군요."

"은재요?"

"네, 하하. 저 나이에 저렇게 꾸밈없는 미소는 참 오랜만에 봅니다. 아시다시피 요즘 애들이 워낙에 영악하잖습니까, 하하."

"은재도 영악해요. 그걸 잘 숨길 뿐이죠."

은재는 순수하지만, 모순되게도 영악한 기질도 같이 가지고 있다. 둘 다 본래의 모습이지만 또 재밌게도 둘 다 나쁘게 보이지 않았다. 때에 따라 영악해지고, 순수해지고 이러는 것과는 완전히 다른, 그런 성격이었다.

지영은 그런 특별함을 알아봤고, 그녀를 마음에 담았다.

그리고 그건 은재도 마찬가지였다.

그 나이 때 남자애들과는 너무나 다른 지영을 알아봤고, 지영을 가슴에 담았다.

"두 사람 정말 너무 잘 어울립니다."

"감사합니다."

"하하, 이런 말은 좀 이르긴 하지만 지영 씨니까 꼭 물어보고 싶습니다. 결혼은 언제 할 생각입니까?"

"때 되면 할 생각인데, 아직은 이르다고 생각해요. 제 직업이 직업인지라."

"그렇긴 하겠네요. 그런데 어쩐지 지영 씨는 좀 빨리 갈 것 같습니다, 하하."

"저도 그렇게 생각은 해요."

지영은 맥주 캔을 하나 넘겨주곤, 자신도 하나 따서 앞에 놓았다.

소 등심이 지글지글 익으면서 기름을 뚝뚝 흘렸다. 그 기름이 불에 닿으며 고소한 향을 풍겼다.

"건배할까요?"

정순철은 저녁 준비 때부터 이상하게 말이 많고 친근하게 굴었다. 그 이유가 아까 낮에 했던 대련 때문인가 싶어 지영은 말없이 고개만 끄덕이고 캔을 들었다.

틱.

유리잔처럼 영롱한 소리는 없이 둔탁한 소리만 났지만 나름 괜찮았다. 한 모금, 두 모금 마시고 캔을 내려놓고, 고기를 집어 먹는 지영. 소 등심도 유선정이 간을 해놓아서 맛이 기가 막혔다.

만족스러운 미소를 딱 지으려는데 정순철의 말이 다시 날아들었다.

"지영 씨는 지영 씨 본인이 생각하는 것보다 훨씬 대단한 사람입니다."

"……."

무슨 뜻인가 싶어 그를 봤더니 따지도 않은 캔을 만지작거리던 그가 지영을 보며 씨익 웃곤, 다시 말을 이었다.

"지영 씨는 아마 잘 모를 겁니다. 당장 강지영이란 이름으로 인해 올라간 국격과 이미지 상향, 그리고 지영 씨의 모국인 이 대한민국을 찾는 관광객이 얼마나 늘었는지."

"……."

"그런 거엔 사실 관심도 없죠?"

"네, 뭐……."

지영이 그런 걸 신경이나 쓰겠나.

지금의 그에겐 영화, 가족, 지인, 그리고 갑작스럽게 변화하고 있는 자신에 대한 일들이 관심사의 전부였다.

국격?

관광객?

그렇게 벌어들이는 외화?

다 관심 없었다.

"당장 '리틀 사이코패스' 촬영장, 마지막 장면을 촬영했던 신호등과 대로 주변은 엄청난 관광 명소가 됐습니다. 물론 우리

나라보단 외국인 관광객들이 많이 찾습니다. 시와 구청이 작정하고 주도해서 관리 사업을 벌이고 있지요. 혹시 그곳에 하루 다녀가는 외국인 관광객이 얼마인지 아십니까?"

"……."

지영은 말없이 그냥 고개를 저었다.

그걸 어떻게 알까.

"하루 만 오천에서 이만 명 사이입니다. 딱 그곳만 집계해 봤는데도 그 정도예요. 그럼 다른 곳은? 더 많을 겁니다, 아마. 거기에 이번에 '피지 못한 꽃송이여' 촬영장을 찾는 관광객도 엄청 늘어나고 있는 추세고요."

"……."

많은 편인가?

강지영이란 인간 개인이 활동을 했던 공간을 보러 오는 사람치고는 많은 수긴 했다. 하지만 그게 지영에게 큰 감흥을 주진 않았다.

"그것뿐만이 아닙니다."

잠시 숨을 고른 그가 맥주를 따서 딱 반 모금만 마시고 다시 입을 열었다.

"희망의 아이콘. 끔찍한 일을 겪었지만 기적적으로 생환한 지영 씨에게 붙은 별명입니다. 한국 사람들 말고, 오히려 외국 사람들이 그렇게 불러주고 있죠. 그런 지영 씨를 테러 집단이 노립니다. 아닌 말로 옛날로 따져서 피겨 여왕이나 대한민국의 영원한 캡틴을 테러 집단이 노린다고 했으면 저흰 그때도 똑같이 했을 겁니다. 두 사람이 가지는 위상은 말로 설명할 수 없고, 그 자체로 국보와 같은 존재들이니까요. 지금 지영 씨가 그렇습니다."

말이 조금 횡설수설하는 경향이 있지만 못 알아들을 정도는 아니었다. 전에는 물어도 대답해 주지 않더니 지금은 해주는 이유가 뭐겠는가? 아마 낮에 있던 일에 대한 미안함 때문인 것 같았다.

물론, 말해줘도 크게 문제가 되지 않을 것 같단 판단도 했을 거다.

"저희는 그런 지영 씨를 지키는 겁니다."

그렇게 말하고 지영을 딱 바라보는데, 확실한 사명감이 담긴 눈빛이라 지영은 어쩐지 좀 부담스러웠다. 하지만 그걸 내색하면 정순철이 불편해질 게 뻔하니 얼른 안으로 감춰 넣었다. 그러곤 다신 못 나오게 꽁꽁 묶어버리곤 그 말에 대답을 했다.

"감사합니다."

"하하, 너무 부담 가지실 필요 없습니다. 우리 회사의, 우리 파트는 이런 일을 위해 만들어졌으니까요, 하하."

부담 가지지 말라고?

부담을 줘놓고 가지지 말라니, 피식 웃음이 나와 버린 지영이었다. 그러자 정순철은 씩 웃었다.

"그러니 경호는 맡겨주시고, 휴가 즐겁게, 마음 놓고 즐겨주셨으면 합니다, 하하."

"대련도 계속하는 거죠?"

"하하, 물론입니다. 몇몇 사원들이 오늘 신청을 했습니다. 아마 지금쯤 자기들끼리 머리를 맞대고 회의 중일 겁니다."

피식.

그런다고 당해 버리면 전생의 삶이 울고불고 난리가 날 거다. 고기 몇 점과 맥주를 한 캔을 금방 쓱싹 비운 정순철이 자리에서 일어났다.

"내일 대련도 기대하겠습니다, 하하. 그럼."

가족들과 송지원, 칸나에게도 인사를 하고 정순철이 멀어지자 송지원이 쪼르르 다가왔다.

"뭔 얘기 했어?"

"그냥 이런저런 얘기했어요."

"그래? 뭐 이상한 얘기 같은 거 안 하고?"

"안 했죠, 당연히. 휴가 와서 그런 얘기하겠어요? 근데 왜 그런 걸 물어봐요?"

"아니, 그냥. 그냥 물어봤다, 왜. 퉁명하게 굴어, 왜?"

"제가 언제요?"

"칫, 됐어!"

이제 나이 마흔이 다 되어가는데도 아직도 이런 캐릭터를 고수하고 있다는 점을 보면 지영은 참 송지원도 대단하긴 대단하단 생각이 들었다.

"맥주 마시게?"

"네, 아버지랑 어머니도 계시니까요. 지연이도 있고."

"후후, 이럴 땐 참 철저하단 말이야? 와인이랑 위스키. 이따 어떤 걸로 할래?"

"위스키."

"오케이. 그럼 아버님이랑 어머님 들어가면 한잔하자."

"네."

술이라면 또 빼지 않는 지영이다.

8시쯤, 날이 완전히 어두워지자 지연이가 슬슬 피곤한지 꾸벅꾸벅 졸았다. 보통은 이 시간보다 더 늦게 잠들지만 오늘은 바다에서 놀다 보니 일찍 체력이 떨어진 것 같았다. 강상만과 임미정이 30분쯤 더 있다가, 이제는 잠든 지연이를 데리고 안으로 들어갔다. 그러자 송지원과 칸나가 안으로 술을 가지러 들어갔고, 지영은 자리를 다시 세팅하기 위해 움직였다.

"안 피곤해?"

"나? 나야 괜찮지. 넌?"

"나도 괜찮아, 흐흐."

은재는 특유의 미소로 지영에게 힘을 건네줬다.

그 미소에 힘을 받은 지영은 다시 피식 웃곤 머리를 쓰다듬었다.

"흐흠, 좋다."

고양이처럼 코끝을 귀엽게 찡그리고 있던 은재가 다시 귀엽게 웃었다.

"내일은 나랑 바다에 가자."

"그래. 오전에 갈까, 오후에 갈까?"

"음… 너 편할 때?"

"그럼 오후에 가자. 오전엔 오늘 술 마시고 좀 힘들 것 같아서."

"그러자, 그럼. 흐흐. 그거 알아? 너 나랑 바다 처음 가."

피식.

뭔가 말의 앞뒤가 바뀐 것 같았지만 의미는 제대로 전달이 잘됐다.

"나도 너랑 간 적 없으니까, 너도 나랑은 처음이겠지."

"흐흐흐."

또 흐흐거리고 웃는 은재의 얼굴에는 즐거움이, 행복함이 한가득이었다. 하고 싶은 얘기가 많았지만 오늘은 아쉽게도 송지원이 그럴 시간을 주지 않을 작정이라 아쉬웠다. 하지만 오늘만 날이 아니니까, 지영은 참기로 했다.

참는 건 또 자신 있으니까.

"언니들 나온다."

은재의 말에 지영은 은재의 머리 위에 올려놨던 손을 내리곤 다시 테이블을 정리하기 시작했다. 정리도 금방이었다. 아니, 둘이 대화를 하는 동안 유선정이 스윽 움직여서 거의 반 이상을 정리해 버렸기 때문이다.

"안주 좀 준비해 올까요?"

유선정의 물음에 지영은 고개를 저었다.

"저희가 알아서 해 먹을게요. 걱정 마시고 오늘은 그만 쉬세요."

"네, 그럼, 즐거운 시간 보내세요."

특유의 온화한 미소와 함께 유선정이 퇴장했다. 반대로 옷을 갈아입고, 술을 챙긴 송지원과 칸나가 재등장했다. 둘의 얼굴에는 숨길 수 없는 기대감이 자리 잡고 있었다. 성인이 되어 술을 안 마셨던 건 아니었다.

오히려 저 둘과는 자주 즐겼다.

하지만 지금처럼 아예 작정하고 마시려고 자리를 깐 적은 없었다. 둘 다 항상 스케줄이 있고, 또 집에도 가야 하니 항상 끝까지 달리진 못했었다.

"짠! 후후!"

송지원이 아주 의기양양하게 술병을 꺼내 놓기 시작했다.

처음엔 피식 웃었던 지영이지만, 한 병, 두 병, 세 병, 네 병, 다섯 병… 이 넘어가자 슬슬 질릴 수밖에 없었고, 총 10병이 나오는 순간은 어이가 없어 헛웃음이 나왔다.

"오늘… 다 죽었어… 후후."

"……."

워…….

지영은 처음으로 송지원의 그 웃음이 무서워져서 각오를 다지기 시작했다.

*   *   *

술자리는 늦은 밤까지 이어졌다.

술이 얼큰하게 들어가니 자연히 목소리도 커졌고, 얼굴에 미소들도 훨씬 더 커졌다.

타닥타닥 소리를 내며 타들어가는 모닥불이 분위기는 정말로 끝내줬다. 그리고 그러다 보니 자연히 옛날이야기들이 나오기 시작했다.

"그래서 그때 있찌? 내가 쪼팔려서 말 안 했는데… 쟤가 나한테 건방지게… 다오, 이래따?"

혀가 살짝, 아니, 많이 꼬부라진 송지원의 말에 은재도, 칸나도 웃겼지만 겨우겨우 참으면서 그녀의 말을 들었다. 지영도 마찬가지였다. 그녀와 처음 만났던 날이 떠올랐다. 인생의 화려한 사건 사고 데뷔는 그 이전에 이정숙을 처리하는 걸로 막을 올렸지만, 그것보다 더한 강렬한 인상을 심어준 건 그날이 시작이었다.

폭군 이건을 끄집어냈던 날.

촬영장을 이건의 감정과 기세, 그 흉포한 기질로 초토화시켰던 날, 그날 송지원을 만났다. 물론 원해서 만난 건 아니었다. 지영이 물을 달란 소리에 꼼짝없이 넘겨줬던 그녀가 학교까지 찾아왔고, 연기 중독인 송지원의 궁금증을 풀어주기 위해 같이 연기 연습을 했다. 그 두 번째 만남 이후 지금까지 인연을 이어오고 있었다.

지영은 매일 송지원에게 틱틱거리거나 퉁명스럽게 대하지만 실은 그녀에게 매우 감사하고 있었다.

그녀는 정말 지영을 가족처럼 생각해 주고 있었다.

친조카, 아니, 정말 친동생처럼 대해줬다.

지영은 그게 정말 고마웠다.

"그래서 이찌… 저거, 이씨… 아오……."

술이 확 올라오는지 혀가 좀 전보다 더 꼬인 송지원에게 칸나가 고개를 절레절레 젓고는 다가가 그녀를 부축했다.

"언늬이… 이제 그만 들어가여. 칸나 졸려여……."

그렇게 말하는 걸 보니 칸나도 멀쩡하진 않은 것 같았다.

하지만 송지원은 오늘 작정을 하고 왔는지, 칸나의 팔을 대번에 뿌리쳤다.

"아, 나바, 나바! 뭐얼 벌써 드러가! 지금 시가니 며씬데!"

혀가 아주 완전히 맛이 가셨다.

은재가 그런 송지원을 보며 키득키득 웃었다.

"너는 저러면 안 된다……."

순간적으로 나온 지영의 본심에 은재가 여전히 웃음기 가득한 눈으로 지영을 바라봤다. 은재도 술을 꽤나 마셨다. 지영이 본 것만 해도 와인 한 병은 되고도 남았다. 그런데 볼만 발그레해졌을 뿐, 크게 취해 보이진 않았다.

"나도 그만 들어갈래. 나 들어가면 지원 언니도 아마 들어갈 거야."

"그러자, 그럼."

지영이 은재를 안아서 들어 올렸다. 그러자 은재는 능숙하게 지영의 목에 팔을 걸었고, 그 모습을 본 송지원이 또 혀 꼬부라진 목소리로 투정을 부렸다.

"어! 어? 뭐, 뭐야! 드러가는 거야? 왜!"

"오늘은 여기까지. 내일도 있고 모레도 있으니까 오늘은 여기까지 마셔요."

"아! 지짜!"

투정 부리는 송지원을 뒤로하고 지영은 은재를 안고 별장 안으로 들어갔다. 은재를 방의 휠체어에 내려주자, 은재가 입을 쭉 내밀었다.

쪽.

가볍게 마주쳐 주자 은재가 또 배시시, 흐흐 웃었다.

"나 화장실 가서 좀 씻고, 그리고 잘게. 너는?"

"나도 밖에 좀 정리해 놓고, 그리고 자려고. 우리가 먹은 건데 안 치워놓으면 또 선정 이모가 다 치우실 테니까."

"흐흐, 그건 그렇다. 알았어. 그럼 굿 밤!"

"웅, 너도 굿 밤."

한 번 더 머리를 쓰다듬어 준 지영은 밖으로 나왔다. 용케 칸나가 송지원을 데리고 안으로 들어간 모양인지 캠핑장에는 모닥불만이 좀 전에 여기에 사람이 있었다는 걸 외롭게 증명하고 있었다.

지영은 의자에 앉아 담배를 꺼내 입에 물었다.

"쓰……."

어째 이제 담배는 못 끊을 것 같단 예감이 들었다. 은재도 그렇고 굳이 끊으란 소리를 안 하는 것도 자기 합리화의 이유 중 하나였고, 일단 끊고 싶은 생각이 사라졌다.

치익.

"후우……."

느긋하게 누워 밤하늘을 바라보는 지영. 연기가 뭉게뭉게 피어오르며 하늘에 떠 있는 별과 달을 향해 가려고, 가련한 몸짓을 보였다.

"음……."

그래서 그 연기가 안타까워 신음을 흘린 걸까?

아니었다.

대화에 집중하느라 밤하늘을 처음 본 지영은 신음에다 눈살까지 찌푸렸다.

"만월……?"

달이 활짝 동그랗게, 아주 빵빵하게 부피를 키워 둥실둥실 떠 있었다. 보름달, 혹은 만월… 의 밤이었다.

폭군 이건이 생각났다.

그는 그랬다.

만월의 밤에 보고 싶다고.

그 말이 생각나자 지영은 갑자기 소름이 쭉 돋았다. 지금까지 조용했던 놈이 튀어나올 리는 없겠… 지만.

드르륵, 탁!

머릿속을 울리는 그 거친 소리에 지영의 얼굴에 짜증이 가득 스며들었다.

"지랄 염병……."

하아. 한숨이 흘러나왔다.

—스읍, 후아…….

뇌리를 치는 그 거친 숨결, 오돌토돌 닭살이 팔뚝을 시작으로 전신으로 퍼져 내달리기 시작했다.

진득한 피 냄새가 맡아지는 건 왜일까? 아니, 지영은 알고 있었다. 이런 밤에 그때의 자신은, 이런 만월의 밤에 피가 곁들여진 향락을 즐겼다. 모두가 덜덜 떨면서 자신이 향락의 제물이 되지 않을까 공포에 질려 있는 모습을 보면서 살을 저미고, 저민 살에 소금을 뿌리고, 차마 말로 설명할 수 없던 모든 것들을 즐겼다.

더욱 소름 끼치는 건 그게 미쳐서 벌인 짓이 아니라는 점이었다. 전부 의도적으로 저지른 짓이었다.

자신을 억압하고, 가둬놓고, 괴롭히고, 심지어 왕족이었음에도 굶기기까지 했던 궁의 그 모든 것들을 멸하려는 마음으로 벌인 지극히 고의적인 짓이었다.

이건의 삶이 그렇다.

피에 미친 왕 같지만 그의 이성은 지극히 냉정했다. 지극히 이성적이고, 지극히 사리 분별과 상황 판단이 뛰어났었다.

그야 당연한 일이었다.

그 당시의 폭군 이건 또한 환생자였기 때문이다.

미치는 것 자체가 말이 안 된다.

—좋은 밤이구나…….

'난 덕분에 좋은 기분이 다 깨졌지만.'

―후후, 후후후.

처웃기는…….

지영은 아까 따라놓고 마시지 않은 위스키를 들어, 단숨에 반 이상 마셨다. 짜증이 올라올 땐 술과 담배는 그 짜증을 달 래줄 최고의 아이템이었다. 물론, 반대로 건강을 해치는 최악 의 아이템이기도 했다.

'그만 처웃고. 원하는 게 뭐야?'

대체 이 새끼는 왜 자꾸 기어 나와서 사람을 들들 볶으려 고 하는 건지, 그리고 대체 어떻게 전생의 자신이 현생의 자신 을 못 마땅하게 생각할 수 있는 건지, 그 이유를 정말 알고 싶 었다.

―짐이 원하는 건 그리 많지 않아.

'그러니까 그걸 말해보라고.'

―그저 못다 푼 한을 풀게 도와만 주길 바랄 뿐이다.

'……'

못다 푼 한?

지랄 염병…….

그 시대에, 그렇게 피를 즐겼으면서?

지영은 생각해 봤다.

당시의 자신이, 반정이 있어났을 당시의 감정이 어땠는지를 말이다.

'그때, 아쉬웠던가……?'

아니…….

당시의 지영은, 당시의 이건은 그 지긋지긋했던 궁궐에서의 삶이 끝나서 오히려 안도하고, 시원한 감정을 느꼈었다. 애당초 왕가의 핏줄을 핍박했던 어처구니없던 공간이었다. 그래서 삶의 마지막이 왔을 때, 당시의 지영은, 당시의 이건은 안도했다. 그건 정말 확실했다. 그런데 이 미친 폭군은 못다 푼 한을 풀게 도와달라는 소리를 하고 있었다. 그런 지영의 감정을 느꼈는지, 불쑥 이건의 목소리가 뇌리로 끼어들어 왔다.

―그때는 괜찮았다. 당시에 느꼈던 감정은… 현생의 짐이 알고 있던 감정과 조금도 다를 바가 없다.

'그런데 왜?'

―한이… 자랐다고 하면 믿겠는가?

'……'

뭔… 이게 뭔 또 개소리야…….

한이 자라?

무슨 콩나물도 아니고, 서랍 속에서 개인적인 한이 자란다고? 지영은 어처구니가 없어서 피식 실소를 흘리고 말았다.

―현생의 짐은 이 공간에 들어와 본 적이 없으니 그걸 알 리가 없겠지.

'……'

그 말에 다시 담배를 집던 지영의 손이 우뚝 멎었다. 어딘가 아프게 들리는 말이었다.

—현생의 짐은 주인격, 전생의 짐은 부인격. 이렇게 나뉘어져 버렸으니 그 당시의 짐을 현생의 짐은 이해한다고 하겠지. 이제 지난 일이니 괜찮다고 하겠지.

'……'

온도가 뚝뚝 떨어지면서 나온 말이었다.

지영은 말없이 다시 담배를 하나 입에 물었다. 맨정신에는, 그리고 가만히 듣기에는 확실히 거북한 말이었기 때문이다.

—어째서 짐이 아니지?

'……'

지영은 그 질문에서 알 수 있었다. 이 미친 왕은 완벽한 자아를 갖췄다. 그래서 지금 갇혀 있어야만 하는 자신의 현실에 무한한 분노를 느끼는 중이었다. 그의 생도 그랬었다. 그 지옥 같은 궁궐에서 갇혀 있었기에 광기가 폭발했다. 아니, 의도적으로 폭발시켰다. 벗어나기 위한 수단으로 비명 가득한 피바람이 궁을 휩쓸게 만들었다.

그런데… 또다.

'나였어도… 미쳤겠지.'

죽었는데도 서랍에 갇혔다.

이 거지 같은 상황을 이해할 수 있을까?

지금의 지영은, 현생의 지영은 이해한다.

하지만 당시의 지영은, 당시의 폭군 이건은 자신의 현실에 무한한 분노를 느끼고 있을 것이다.

왜?

'자아가 생겼으니까……'

그래서 서랍까지 강제로 열어젖힐 수 있는 능력까지 생겼고, 똑같으나 또 다른 지영과 대화를 할 수 있는 힘까지 갖췄다.

이거 매우 위험한 일이라는 걸 지영은 알았다.

하지만 자신이 어떻게 할 수 없다는 것도 동시에 깨닫고 있었다.

─짐이 처음 만난 날 했던 말은 농담이 아니다.

이제는 협박까지 한다.

자신의 처지에 분노를 느낀 왕이 자신의 한을 풀게끔 도와주지 않으면 오히려 역으로 주인에 해당하는 지영을 파멸시킬 것이라고, 그리 협박하고 있었다.

"미치겠군……."

농담도 정도가 있는 법이다.

죽어서까지 상처받는 왕은 결국은 그 광기를 주체하지 못하고 스스로 세상에 현신해 버렸다. 그리고 그것으로도 모자라, 이제는 주인을 잡아먹는 뱀이 되려고 한다.

"지랄 떨지 마라, 좀."

근데 지영은 그걸 순순히 받아줄 생각이 전혀 없었다. 이번 삶의 지영의 성격은 솔직히 말해 좋다고는 볼 수도 없었다. 오히려 굉장히 자기중심적이었다.

—내 스스로 내 광기를 풀 수 없다면, 나는 언제고 너를 파멸시킬 순간을 기다릴 것이다.

피식.

"해보시든가……."

지영은 안다.

이런 부탁은 한 번 들어주기 시작하면 한도 끝도 없다는 것을. 한 번이 두 번 되고, 두 번이 세 번 되는 거? 그리고 그렇게 되면 결코 상황이 유쾌하진 못할 거라는 것도 지영은 알고 있었다.

그러니 딱 잘라서 거절하는 게 낫다.

'지랄 말고 얌전히 쉬다가 승천이나 해.'

그렇게 이건에게 쏴붙인 지영은 또 피식 실소를 흘리고 말았다. 영혼? 아니, 기억이다. 그런데 승천이라니……. 자신이 말해놓고도 참 말도 안 된단 생각이 들었다.

—후후, 그대는 분명… 후회하게 될 것이다.

'이건답지 않게 왜 이리 말이 길어? 그렇게 할 수 있는 날이 오면 그렇게 하면 돼. 어차피 너와 나, 자신과 타인으로 나뉜

마당이니… 잘 생각해 봐라. 왜 내가 주고, 니가 부인지.'

—…….

침묵하고 있지만 지영은 알 수 있었다.

지금 자신의 말을 들은 이건의 얼굴을 볼 수만 있다면, 그의 표정은 아마 악귀처럼 일그러져 있었을 것이라고.

이 삶을 훼방 놓겠다고?

이제야 제자리를 찾아가서 행복을 느끼고 있는데?

갑작스럽게 목 뒤에서 느껴지는 기세에 지영은 인상을 쓰며 다짐을 전달했다.

'방해하면 내 자신이라도… 죽여주지.'

—후후후…….

드르륵, 탁.

멀어지는 웃음소리, 그리고 서랍 소리가 들림과 동시에 지영은 자리에서 일어났다. 그리고 천천히 신형을 돌렸다.

만월의 달빛 아래, 새파란 기세를 흩뿌리며 서 있는 성수정이 보였다.

하여간… 진짜.

첫날부터 버라이어티하다.

솔직히 말해 찾아올 줄은 몰랐다.

폭군이 사라지자, 이번엔 암살자가 찾아온 기분이었다. 지영이었으니까 뒤통수가 따끔한 걸 느꼈지, 일반인이었으면 바로 뒤까지 다가서도 몰랐을 것이다.

'전문가네……. 그것도 옛 시대의 기술을 익힌.'

느낌 자체가 달랐다.

지금 지영이 보는 성수정은 요원 느낌이 아니라, 자객 느낌이 강했다. 낮에 입었던 정장에 셔츠 차림도 아니고, 움직이기 더 편한 무도복 차림이었다.

'이 정도면 작정하고 찾아왔다는 건데……'

지영은 성수정의 착 가라앉은 눈빛을 보면서 한마디를 툭 던졌다.

"뭡니까?"

"궁금한 게 있어서 찾아왔어요."

표정과 눈빛에 딱 어울리는 딱딱하고 날카로운 목소리 톤이었다. 하지만 그게 지금 중요한 건 아니었다.

"이 오밤중에?"

"안 자고 있던 걸 봤으니까요."

"봤다라……."

재미난 소리를 한다.

저 말대로라면 기다렸다는 뜻인데, 지영은 그걸 못 느끼고 있었다. 멀리서 망원경이나 그런 걸로 확인했다면 모를 수도 있지만 성수정의 성격을 보니 그런 것 같지도 않았다.

"어느 유파인가요?"

갑작스레 물어오는 그 말에 지영은 눈살을 찌푸렸다.

"예의가 없네요. 오밤중에 찾아와서 뜬금없이 남의 유파나 묻고."

"죄송합니다. 저는 월영에서 배웠어요."

"……."

미친…….

월영(月影).

달그림자.

누구도 믿지 않겠지만 월영을 세운 건 지영이다.

사십구 호 때의 기억으로, 전란이 넘실거리는 조선을 구하기 위해 직접 사람을 모으고, 가르치고, 임무를 내려주고… 그렇게 살길을 열어줬었다. 사후, 한 번도 월영을 찾았던 적이 없었다.

그리고 찾아서 뭘 할 수 있는 것도 없었다.

내가 월영을 세웠다! 이렇게 말하고 도움을 얻을 수도 없다. 왜? 이전에 설명해 놓은 게 없으니까. 전생의 월영사조가 나다! 이랬다가는 미친놈 소리 듣기 딱 좋다. 그래서 깨끗이 잊고 살았다.

그랬는데… 너무나 뜬금없이 월영에서 배웠다는 여성이 등장했다. 그리고 왜 유파가 궁금한지도 알 것 같았다. 시대가 많이 흘렀지만 선을 좇는 것만큼은 변하지 않았다. 지영이 왜 그렇게 미국 요원이나 회사원들을 쉽게 이기는가 하면, 딱 그 것 때문이다. 관절, 회전, 근육의 집중, 폭발, 그렇게 다시 최 단거리 궤적으로 쭉 밀고 들어간다. 물론 동체 시력을 최대한 활용한 카운터이니 가능한 방법이다.

'알아봤나? 아니, 보니까 많이 변했던데……'

선을 좇는 모습을 성수정은 보여주지 않았다. 안 보여줬을 수도 있겠지만 옛날과는 아예 방식이 달랐다. 세월이 지나면 서 분명 조금씩, 조금씩 변했을 것이다. 그리고 그걸 지영이 못 알아볼 리가 없었다.

"이제 대답해 주시겠어요?"

성수정의 목소리가 다시금 어둠을 가르고 직선으로 날아와 지영의 귀에 사뿐 앉았다가, 들어왔다.

"말해도 못 믿을 건데요?"

"괜찮아요. 거짓말만 아니면 되니까."

거짓말을 파악할 재주라도 있는 건가?

"없습니다."

"……"

지영은 침묵으로 답한 채, 물끄러미 자신을 바라보는 성수 정에게 시선을 맞췄다. 꽤나 도전적이면서도, 지영의 대답의 진의를 가리려는 속셈이 고스란히 녹아 있는 눈빛이었다. 지영은 그런 성수정이 피곤했다.

"끝을 볼 생각입니까? 할 거면… 피곤하니까 빨리하죠."

"음주를 한 상대에게 무력을 쓰고 싶진 않습니다."

무력이라…….

힘도 아니고, 무력. 옛날 단어다.

아마 월영에서 그렇게 말했기 때문에 입에 붙은 것 같았다. 지영은 눈을 비볐다. 슬슬 졸음이 몰려왔다. 하지만 그냥 두면 어째 조용히 물러날 것 같진 않았다.

"휴가 마지막 전 날, 열두 시 체육관."

"…감사합니다."

꾸벅, 지영의 말에 인사를 한 성수정이 조용히 물러났다. 적당한 거리가 되기까지 뒷걸음으로 물러나, 다시 가볍게 고개를 숙인 뒤 신형을 돌려 사라졌다. 지영은 그 모습에 또다시 피식 실소를 흘리고 말았다. 똑같았다. 완전히 안전하단 생각이 들기 전까진 등을 보이지 말라는 가르침이 그대로 녹아 있는 행동이었다.

"후우……."

한숨을 내쉰 지영은 다시금 의자에 앉아 등을 깊게 묻었다. 안락함이 찾아오자 지영은 조금 남은 술을 단숨에 들이켰다. 알싸한 향과 위스키 특유의 뜨뜻함이 가슴속에서 폭죽 터지듯이 퍼져 나갔다.

밤늦은 시간, 잠깐 정신없더니 다시 느지막이 찾아온 여유. 확실히 꽤나 나쁘지 않았다.

쪼르르.

유리잔에 다시 위스키를 채운 지영은 이젠 혼자의 시간을 좀 즐기기로 했다. 술, 모닥불, 안주, 담배, 그리고 적막함까지. 사색을 즐기기엔 정말 나쁘지 않았다.

지영은 잔을 쥐고 하늘을 올려다봤다.

"당신의 죽음을 위하여."

그리고 죽이고 싶은 '그'에게 저주의 건배사를 읊은 다음, 잔을 들어 올렸다.

*　　　　　*　　　　　*

늦은 저녁, 아니, 자정이 넘기까지 술을 마신 지영이지만 눈을 떴을 땐 아침 여섯 시경이었다. 잠자리가 바뀌어서 그런지 깊게 잠들지 못한 것이다. 눈을 뜬 지영은 일단 스트레칭을 가볍게 하고 편한 운동복을 입고 밖으로 나왔다.

한여름이지만 역시 산속이라 그런지 날씨가 제법 쌀쌀했다.

운동화 끈을 꽉 묶은 지영은 이번엔 제대로 스트레칭을 시작했다. 요즘 러닝을 좀 쉬었더니 몸이 좀 무거워진 감이 있었다.

듣기로는 별장 뒤쪽부터 산 정상까지 적당한 러닝 코스가 있다고 했다. 가보자 철문이 하나 있었고, 문을 열고 나가니 산으로 들어가는 작은 길이 나 있었다. 바닥을 확인한 지영은 천천히 산을 타고 올라가기 시작했다. 10분 정도 올라가면서 몸이 예열되자 뛰기 시작했다. 다시 10분쯤 뛰자 폐가 슬슬 비명을 지를 준비를 하기 시작했다. 그리고 다시 5분이 지나자 이제 좀 쉬자! 악을 지르는 걸로 바뀌었다. 그래서 지영의 얼굴이 절로 찌푸려졌다.

하지만 지영은 멈추지 않았다.

여기서 멈추면 굳이 산을 타는 이유가 없었다.

"헉헉!"

20분쯤 지나자 거친 숨소리가 입술을 비집고 흘러나왔다. 폐가 이제 제발 좀 멈추자고 할 때쯤 나오는 증상이었다. 하지만 이번에도 역시 악착같이 참아냈다. 그렇게 10분쯤 더 달리자 산 정상이 보이기 시작했다.

"허윽, 허윽… 후우, 후우……."

정상에 도착한 지영은 숙여지는 상체를 겨우겨우 붙잡아가면서 호흡을 골랐다. 힘들어 그런지 인상이 잔뜩 찡그려져 있었다. 아니, 뭔가 못마땅한 표정이었다.

'겨우 이 정도 뛰었다고 이렇게 힘드나……?'

하이재킹 이후 탈출하고 난 뒤부터 만들어놓은 몸이 꽤나 많이 떨어져 있었다. 푹푹 들어가는 모래사막도 걸어서 횡단 했던 지영이다. 그러면서 몸이 꽤나 만들어졌는데, 한국에 오면서 올려놨던 폼이 쭉 떨어져 있었다.

허벅지도 덜덜 떨리면서 폐와 근육이 손을 잡고 합창하고 있는 기분이었다. 그러다 보니 자연히 인상도 찌푸려진 것이다.

하지만 찌푸려진 인상으로 바라보기엔 산 정상의 경치는 정말 기가 막혔다. 탁 트인 시야로 잔잔히 햇빛을 산란시키는 해수면은 정말 혼자 보기엔 아까울 정도였다. 마지막 날은 꼭 은재를 업고 올라와 봐야겠단 다짐이 들 정도였다.

한동안 바라보던 지영은 속주머니에서 담배를 꺼냈다.

하지만 이내 산속이란 걸 깨닫고는 다시 집어넣고 앉을 곳이 있나 주변을 살펴봤다.

마침 적당한 바위가 있어 걸터앉아 경치를 감상하니 힘들어도 올라오길 정말 잘했다는 생각이 들었다. 10분쯤 더 경치를 구경한 지영은 엉덩이를 털고 자리에서 일어났다. 내려가는 길은 금방이었다. 걸어가는 것도 아니고 성큼성큼 뛰어 내려가니 10분도 안 돼서 다시 별장에 도착했다.

"어디 갔다 왔어?"

일찍 일어난 임미정이 지연이랑 놀아주다가 땀을 흘리는 지영을 보곤 물어왔다.

"산 좀 타고 왔어요. 운동도 할 겸."

"휴가니까 좀 쉬지."

"이것도 쉬는 거예요. 산 경치가 엄청나던데요? 시간 나면 어머니도 아버지랑 지연이랑 같이 올라가 보세요."

"그래? 그 정도야?"

"네, 탁 트인 게 가슴이 뻥 뚫리더라고요."

"흐음, 이따 점심에 한번 올라가 봐야겠다."

"그러세요. 그럼 전 씻고 아침 준비할게요."

"선정 씨가 벌써 준비 중이더라."

"아……."

하여간 부지런한 사람이다.

충분히 귀찮을 수 있는 일인 청소와 식사 준비를 그렇게 열과 성의를 다해 하는 사람도 참 드물다. 김은채가 정말 사람은 잘 골라서 은재의 곁에 붙여줬단 생각이 들었다. 하지만 따로 감사하단 말을 전할 생각은 없었다.

왜? 그 말을 했을 때 우쭐해할 김은채의 웃음이 꼴 보기 싫어서였다. 스트레칭을 다시 해주고, 안으로 들어가 씻고 나오자 어느새 아침 준비는 끝나 있었다. 메뉴는 아침이니 가벼운 국과 고춧가루를 쓰지 않은 나물 종류였다. 지연이가 좋아하는 햄만 빼면 건강 식단이라고 봐도 될 정도였다. 식사는 다 같이 모여 먹고, 다시금 개인 여가를 즐기기 위해 뿔뿔이 흩어졌다. 지영은 마당에서 은재와 티타임을 가졌다.

"운동하고 왔다면서?"

머리카락을 쭉 당겨 모아서 묶어 훤히 드러나는 이마가 인상적이었다.

"응, 저기 뒷산 정상에 갔다 왔는데 경치 좋더라. 내일이나 집에 가는 날 아침에 가볼까?"

"나……?"

은재가 눈을 동그랗게 떴다.

말은 안 했지만 자신이 저길 어떻게 올라가느냔 질문이 담긴 눈빛이었다.

"내가 업고."

"안 힘들겠어?"

"오래 안 걸려. 그리고 그 경치를 꼭 너에게 보여주고 싶고."

"흐흐, 그렇다면… 내 남자의 성의를 무시하지 않겠어!"

피식.

은재는 역시 이런 면이 좋았다.

부담스러울 것이다.

아무리 남자친구라지만, 온 힘을 다해 사랑하는 사람이지만 산을 업고 탄다는 게 어디 쉬운 일이겠는가? 게다가 은재는 자신의 체중을 안다. 성인 여성에 비해서 같은 신장, 체형을 가진 여성들과 비교하면 하체의 불편함 때문에 확실히 5에서 7킬로 정도 덜 나가긴 하지만 그래도 40킬로 초반 대다.

게다가 다리가 불편하니 업는 데 불편함도 있을 것이다. 업고 산을 타는 건 이런 이유들 때문에 정말로 힘들 게 분명한데도, 그걸 은재 본인이 훨씬 더 잘 아는 데도 멋진 경치를 보여주고 싶어 하는 지영의 배려를 거절하지 않았다.

그래서 지영은 그런 은재가 고마웠다.

이런 걸로 미안해하고, 저런 걸로 미안해하고, 그러다 보면 오히려 나중엔 뭔 말을 꺼내기도 힘들고 부담스러워진다.

그런 상황은 둘 다 싫었다.

"맞다. 바다는 언제 갈래?"

은재의 질문에 지영은 언제 바다를 갈까 잠깐 생각해 봤다. 어제 술 마시고 늦게 잔 여파와 아침에 운동을 한 여파, 그리고 식사 후 식곤증까지 나른하게 올라오고 있었다. 지금 갔다가는 오후는 온종일 쭉 뻗을 것 같아서 오전은 미루기로 했다.

"오후에 갈까? 오전은 물이 좀 찰 것 같은데. 운동했더니 좀 피곤하기도 하고. 점심 가볍게 빵으로 때우고 가자."

"그래. 그러자, 그럼."

그렇게 답한 뒤 은재는 또 흐흐, 하고 웃었다. 흐흐, 웃음소리를 생각해 보면 좀 음침하게 들려도 이상할 게 없는데, 오히려 반대로 기분 좋은 감정을 선사했다. 은재가 잔을 내려놓는 걸로 티타임은 끝. 지영은 또 은재를 번쩍 안았다.

"어머나."

"처음 안기는 것도 아닌데 왜 이래?"

"흐흐, 그냥. 근데 지영아."

"응?"

지근거리에 있던 은재의 입술이 지영의 입술을 가볍게 훔쳤다. 쪽 소리가 나는 뽀뽀 말고, 조금 더 농밀한 키스였다. 30초쯤 있다가 입술을 뗀 은재가 발그스름하게 변한 볼을 티 내면서 다시 입을 열었다.

"너는 나랑 안 자고 싶어?"

그 말은 너무 예상도 못 했던 말이어서, 지영은 멍한 눈으로 은재를 바라봤다.

너무 예상치 못한 말이었다.

"……"

"……"

그래서 반쯤은 당황스러운 감정이 담긴 눈빛으로 은재를 봤다. 반대로 은재는 입술을 지그시 깨물고 볼 빨간 사춘기 소녀의 눈빛으로 지영을 보고 있었다. 지영은 다시 은재를 의자에 앉혔다.

대화가 더 필요할 것 같아서였다.

"왜 그런 걸 물어?"

"아니, 지영이 너는 나한테 먼저 스킨십을 요구하지 않잖아. 그게 좀 이상해서."

"서운해?"

"그렇기도 하지? 내가 매력이 없나… 자존감이 조금 떨어지기도 하고, 흐흐."

그렇게 대답하는 은재는 여전히 쑥스러운 기색을 말과 눈빛에 담고 있었다. 지영은 이걸 제대로 설명해서 이해를 시켜줘야 할 필요를 느꼈다.

성욕?

없는 건 아니다.

하지만 그렇다고 일반적은 10대 20대 청년들처럼 욕구가 들끓는 것도 아니었다. 성 경험? 이번 생에서는 없었다. 하지만 전생에서는? 차고 넘치다 못해… 지긋지긋하단 표현을 써도 될 정도로 많았다.

첫 번째 삶에서 종족 번식을 위해 매일 몇 번씩 성교를 가지다가 복상사로 죽었을 정도였다. 그 외에도 엄청나게 많다. 횟수? 최소 만 번은 넘지 않을까? 그런 지영에게 성욕? 그건 필요할 때만 찾아 쓰는 물건과도 같았다.

은재를 사랑하는 건 감정이 너무나 잘 와닿기 때문이었다. 너무나 잘 통하기 때문이었다. 그 나이 때 갖추기 힘든 그 특별함에 마음이 갔고, 이번 생에 처음이자 마지막으로 사랑해야 할 사람으로 어느샌가 본인 스스로 들어와 앉아버렸다.

그렇기 때문에 아껴주고 싶은 마음도 있었다.

'이거야 원⋯⋯.'

너무 자신의 생각만, 자신의 배려만 강요한 꼴이었다. 동시에 이걸 어떻게 설명해야 하는지 고민이 됐다.

성욕이 별로 없다고 그냥 말해 버리면?

'이상한 눈으로 쳐다보겠지.'

20대 초반, 아니, 딱 스무 살이다.

성욕이 넘치다 못해 폭발하고도 남을 시기다.

대다수의 청년들이 그렇다.

그런데 지영은 그렇지 않다고 한다면? 문제가 있구나, 이렇게 오해할 소지가 다분했다. 그래서 지영은 상당히 긴 고민 끝에 입을 열었다.

"일단, 너와 자고 싶은 마음이 없는 건 아니야."

"⋯⋯."

빤⋯⋯.

경청하겠다는 듯이 눈을 반짝이며, 그리고 볼을 발그스름하게 물들인 채로 바라보는 은재에게 지영은 설명을 이었다.

"솔직하게 말하자면, 나는 배려라는 아름다운 놈으로 너에게 상처를 준 거야."

"내가 불편해서?"

"응."

성행위라는 것은 보통 포지션과 자세가 어느 정도 한정적일 수밖에 없다. 그리고 거의 반드시라고 해도 좋듯이 하의는 탈의해야 한다. 지영은 은재가 그걸 부담스러워 할 수 있겠다는 생각을 했었다.

왜? 불편하기 때문이다.

그리고 다른 문제도 있었다.

은재는 하체의 감각 자체가 아예 없었다.

태어나서부터 하체는 불편했고, 그렇기 때문에 성교를 한다고 해서 그 감각을 느끼는지도 미지수였다.

'물어보면 알 수 있겠지만……'

지영은 쓴 미소를 지었다.

그걸 대체 어떤 생각을 하면 물어볼 수 있겠냐는 생각이 들었기 때문이다.

"괜찮아."

갑자기 괜찮다는 말에 뭐가 괜찮은 건지, 지영은 눈으로 물었다. 그러자 은재는 쑥스럽게 흐흐, 웃었다.

"난 괜찮다구."

"……."

지영은 내가 안 괜찮아, 그럴 뻔했다.

하지만 그냥 웃는 걸로 대답을 대신 했다.

"분위기 좋은 곳에서 단둘이 있을 때, 나 사랑해 줘."

"그럴게."

이거야 원.

남자가 할 말을 여자가 하니 입장이 바뀐 것 같아 지영이다 민망했다. 씩 웃은 은재는 다시 손을 뻗었다. 다시 안아달라는 뜻이었다. 은재를 안은 지영은 그녀를 방으로 데려다줬다. 숙취가 남은 송지원이 배를 까집어 놓고 자고 있어 잠시간 은재가 지영의 눈을 가리는 별것 아닌 해프닝 뒤에 방으로 들어와 눈을 감았다.

시간을 보니 두어 시간 정도 잘 시간이 있었다.

알람을 맞춘 지영은 눈을 감았고, 1분도 안 되어 잠에 빠져들었다.

그렇게 두 시간쯤 푹 자고 일어난 지영은 점심을 먹고 바닷가에 갈 준비를 했다. 준비라고 해봐야 래시가드와 몇 가지 물건을 챙기는 게 전부였다. 그렇게 준비를 끝내고 밖에서 기다리길 30분.

"와우!"

짝짝짝!

준비하고 나온 은재에게 굳이 눈치 없이 따라가겠다고 나선 송지원이 보낸 박수였다. 은재는 어제완 전혀 다르게 나타났다. 겉에 상의를 걸치고 있지만, 그래도 비키니 차림이었다.

그것도 강렬한 레드 색상의 비키니. 선글라스 속에 은재의 눈빛이 수줍음에 물들어 있었고 지영도 알고 있었지만 적당히 모른 척해줬다.

지영이 먼저 앞장서 해수욕장에 도착했다. 확실히 천지 차이였다. 무인도로 착각할 만큼 사람의 손을 타지 않은 해안가가 조성되어 있었고, 이쪽 지역에서 보기 힘든 투명한 수질을 보이고 있었다. 휴가철이 지나면 민간인한테도 개방한다고 들었던 것 같은데, 어쩌 지영은 그게 자신의 부담을 덜어주기 위한 거짓말일 가능성이 크다는 걸 여길 보고 나서야 알 수 있었다.

먼저 내려온 지영은 파라솔과 간이 테이블을 설치했다. 그 시간 동안에도 아무도 도착하지 않아 지영은 담배를 하나 꺼내 물었다.

치익.

"후우……."

하여간 정말 경치 하나는 끝내줬다.

맥주와 담배, 그리고 이런 경치. 늙은 아재 감성에서나 나올 법한 만족이지만 지영은 별로 개의치 않았다.

담배를 하나 다 피우고 나니 은재와 송지원, 언제 따라붙었는지 체력 넘치는 얼굴인 칸나까지.

비키니 콘테스트라도 하고 싶은 건지 어제 입었던 비키니와는 또 종류가 달랐다. 어제는 과감한 비키니였다면, 오늘은 수줍은? 그런 느낌이었다.

"맥주 챙겨 왔네?"

송지원이 지영이 따놓은 맥주를 보며 환히 웃으며 말했고, 지영은 참 술 좋아한단 생각을 감추며 대답했다.

"그럼요. 인당 한 캔 정도는 괜찮을 거예요."

"역시 센스가 좋아. 아, 오늘은 해수욕보단 좀 느긋하게 누워 있어야겠다. 은재랑 재밌게 놀아줘. 그리고 응큼한 짓 하면… 알지?"

알긴 뭘 알아?

아침에 무슨 대화를 했는지 알고나 얘기하는 걸까?

그런 속마음도 감춘 지영은 스트레칭을 시작했다. 사실 내려오면서 몸이야 다 풀렸지만 그래도 물에 들어가기 전에 스트레칭은 필수였다. 허리를 뚝뚝 꺾어주던 지영이 물었다.

"누나, 이렇게 우리끼리만 있어도 휴가 괜찮아요? 누나는 좀 시끌벅적한 곳 좋아하잖아요."

"그렇기야 하지. 그런데 한국은 힘들어. 우리가 바닷가 가봐라. 난리 날걸? 칸나 쟤 혼자만 가도 아마 사람에 깔려 죽을 거야."

하긴…….

송지원이나 칸나나, 매일 봐서 별로 감흥이 없을 뿐이지 두 사람 다 이제는 한국을 대표하는 연예인들이었다. 특히 칸나는 이제 귀화까지 하면서 강한나란 이름을 드라마나 영화에 쓸 정도였다.

그런 두 사람의 인기는 한국 내에서도, 아시아 전체에서도 하늘을 찌를 듯이 높다. 특히 칸나는 일본에서는 이젠 역적 취급 받지만, 한국과 중국에서는 성인 취급까지 받았다. 2차 대전 당시 각종 문제에 대한 발언을 서슴지 않고 솔직하게 대답하기 때문이다.

그런 두 사람이 해수욕장에 뜨면?

'어흐……'

매니저와 경호원은 아마 피가 모조리 증발해 버릴 것이다. 송지원이 애도 아니고, 그럴 상황을 자초하진 않을 것이다.

"지영아!"

은재가 유선정과 가장 늦게 도착했다.

도대체 어떻게 만든 건지, 모래 바닥에서도 굴러가는 휠체어 바퀴에 지영이 잠시 시선을 뺏긴 동안 은재는 바로 코앞까지 도착했다.

"언니, 언니 또 술 마셔요?"

"내비 둬, 내비 둬. 오늘은 이렇게 즐길 거니까."

"아휴, 술꾼들은 진짜 못 말린다니까."

그렇게 은재가 고개를 젓자 유선정이 메고 온 가방에서 그녀를 위한 물건들을 꺼내기 시작했다. 일단 구명조끼, 그리고 손목에 시계처럼 차는 구명 캡슐을 빼서 은재에게 착용해 줬다.

"준비 끝! 가자!"

"몸 안 풀어도 괜찮아?"

"흐흐, 어차피 네가 잡아줄 거잖아? 물만 조금 묻히고 들어갈래."

"그래, 그럼."

지영이 손을 쭉 뻗은 은재를 안아 들었다.

그리고 바다로 걸어가자 뒤에서 부러움이 가득 담긴 '좋을 때다, 좋을 때야' 이렇게 투덜거리는 소리가 들렸다. 하지만 깔끔히 무시한 지영은 그대로 직진했다.

"으, 차가… 흐흐."

"그러게. 물이 찬데?"

"흐흐, 괜찮아. 어제도 이랬어. 조금 있으면 적응돼서 괜찮던데?"

피식. 지영은 은재를 물속에 천천히 놨다. 워낙에 구명조끼의 부력이 좋아 아예 놔줬는데도 물에 둥둥 떴다. 재활 훈련 중에 이렇게 수영장에서 하는 프로그램도 있어 은재는 양손으로도 곧잘 헤엄을 쳤다.

지영은 그렇게 은재와 즐거운 한때를 보냈다. 햇빛이 해수면에 반사되며 비치는 모습, 즐겁게 헤엄을 치는 은재, 여유롭게 비치 베드에 누워 휴가를 즐기는 송지원과 칸나까지. 정말 정순철에게 다시 한번 감사의 인사를 해야겠다는 생각이 든 지영이었다. 내색은 잘 안 하시지만 강상만과 임미정도 이번 휴가가 꽤나 즐거워 보였다. 가족끼리만 온 건 아니지만 이제는 조카딸 같은 송지원과 칸나가 같이 와서 더욱더 즐거워 보이는 두 사람이었다.

30분쯤 바닷가에서 놀던 지영은 은재가 슬슬 지쳐 보여 다시 안고 물 밖으로 나왔다. 밖에 나왔을 때 유선정을 뺀 두 사람은 아예 코를 골며 잠들어 있었다.

"수박 드세요."

피식 웃는 찰나 유선정이 두 사람이 나올 때에 맞춰 썬 수박을 가지고 왔다. 이번 여행에서 가장 고생하는 사람을 꼽으라면 단연 유선정일 것이다.

"언니, 미안해요."

"제 일인걸요? 그리고 저도 이번에 휴가 끝나면 따로 휴가받기로 했어요. 그러니 너무 미안해 마세요. 자, 여기."

"흐흐, 감사합니다."

수박도 좋은 수박을 가져왔다.

그 왜, 백화점에만 납품된다는 무등산 수박의 한 종류로 보였다. 지영도 그녀가 건네주는 수박을 받아 들고, 한 입 베어

먹었다.

"와······."

먼저 먹은 은재의 감탄사였다.

지영도 순간 '오···' 하고 탄성을 흘렸다.

당도가, 당도가 진짜 장난이 아니었다.

어제 먹은 수박도 꽤나 맛있었지만, 그건 지금 이 수박과 비교할 바가 못 될 정도였다.

"제일 괜찮아 보여서 가져왔는데, 맛있죠?"

"네, 언니! 와··· 저 이런 수박은 처음 먹어봐요!"

"후후, 다행이네요. 그럼, 여기 놓을 테니까 맛있게들 먹어요. 저는 주변 산책 좀 돌고 올게요."

"네! 흐흐!"

눈치껏 빠져주는 센스 보소······.

"맥주 마실래?"

"응! 흐흐!"

대답과 음흉한 흐흐! 웃음소리를 들으면 마치 아이 같은 느낌이 들지만, 과거사 때문에 언제나 밝고 크게 대답할 수밖에 없었다던 얘기를 들은 지영이라 웃기기보단, 그냥 좀 안쓰러웠다. 하지만 그걸 또 내색할 정도로 멍청한 사람이 아니었다.

"흐흐, 저녁엔 뭐 할 거야?"

"음··· 난 저녁에 여기 사원분들이랑 뭐 좀 하기로 했어."

"뭐?"

"대련?"

"대련? 막 이렇게 치고받고 하는 대련?"

손을 슉슉 휘두르는 은재의 모습에 지영은 다시 너털웃음을 터뜨렸다. 그러자 은재도 같이 흐흐, 하고 즐거움이 가득한 웃음으로 화답했다.

"맞아, 그 대련."

"그걸 왜 네가 해줘?"

"내가 한 주먹 하잖아?"

"아… 자랑이다. 아주 자랑이야."

주먹 잘 쓴다는 말을 좋아하는 여성은 거의 없다. 그러니 이번 대답은 한 70점도 주기 힘들 정도로 지영의 입에서 나온 대답치곤 좀 별로였다. 하지만 두 사람 다 그런 거엔 별로 개의치 않았다.

"그럼 난 어머님이랑 여기 군 시장에 갔다 올게."

"그래."

정순철에게 오면서 이 주변 군내에 오일장이 꽤 규모도 크고, 볼거리도 많다고 들었다. 은재는 많은 것을 보고, 담아야 하는 직업인지라 가보는 것도 나쁘지 않은 선택이 될 것이다.

"흐아암……."

늘어지게 하품을 하고 일어난 송지원이 두 사람을 빤히 보다가, 다시 아이스박스에서 시원한 맥주를 꺼내 벌컥벌컥 마셨다. 그걸 본 지영과 은재는 어이가 없어 헛웃음을 터뜨렸다. 지영은 말해주고 싶었다.

부러워요?

부러우면 누나도 연애해요!

그러나 이런 말을 했다간 뒤가 어떻게 될지 너무나 뻔해, 속으로 다시 삼켰다. 휴가는 그렇게 누군가는 부러움, 누군가는 즐거움을 느끼면서 이틀째를 지나고 있었다.

Chapter65
이민정 감독

휴가는 예정보다 하루 일찍 앞당겨져 끝나 버렸다. 임미정의 재단에 바쁜 일이 생겨 하루 먼저 서울로 올라가야 했기 때문이다. 임미정이 가니 강상만도 따라 올라갔고, 지연이도 당연히 같이 갔다.

덕분에 성수정과의 약속은 지킬 수 없어져 버렸고, 그녀는 아쉬운 눈빛으로 다음을 기약하잔 의미가 가득 담긴 시선을 보낸 뒤에 임미정과 함께 떠났다. 남은 사람들끼리 하루를 더 있을까 했지만 저녁쯤엔 또 송지원이 급한 일이 생겨 결국은 다 같이 서울로 올라왔다. 워낙에 괜찮았던 곳이라 좀 아쉬움이 생겼지만, 정순철이 다음에 언제고 또 와도 된다고 해서 남은 아쉬움을 모두 털고 올라올 수 있었다.

올라오자마자 하루 간 여독을 풀었고, 지영도 바로 스케줄이 생겼다.

메인 시사회 일정이 잡힌 것이다.

대대적인 방송 홍보가 시작된 '테러리스트'에의 관심은 국내외 모든 영화 팬들이 주목하고 있는 상태였다.

하루 간격으로 캐릭터 메이킹 영상이 풀리고, 메인 예고편이 풀리면서 연일 검색어를 장악하며 강지영이 가진 티켓 파워를 입증했다.

메인 시사회.

국내외 많은 영화 관계자들이 참석하길 희망했고, 류승현 감독에게서 누구에게 초대장을 보내야 할지 고민이란 말까지 전해 들었다. 지영은 '테러리스트'의 처음이자 마지막인 시사회를 다녀오고, 후속작에 집중했다.

신은정 작가의 신작은 어차피 신은정 작가와 박종찬 감독이 신경 쓸 일이었기 때문에 지영이 할 일은 거의 없었다.

대신 그것 말고, 임수연 작가의 작품에 지영은 집중했다. 사실 집중이라고 해봐야 그리 할 일이 많은 것도 아니었다.

딱 하나, 감독만 구하면 끝나는 상황이었기 때문이다.

연일 회의를 통해 로맨스에 최적화된 감독을 찾고, 전작을 보며 스타일을 파악하려 애썼다. 같은, 혹은 비슷한 소재로 영화를 찍어도 배우, 감독에 의해 영화는 아주 다르게 표현이 된다. 그렇기 때문에 영화에서 감독은 정말 엄청나게 큰 부분을 차지한다.

"후우, 힘들다. 힘들어……."

한정연이 영화 두 편을 연달아 보고 난 뒤에 소파에 깊숙이 몸을 묻고 나서 한 말에 지영도 고개를 끄덕였다. 잘 만든 멜로 영화만 보다 보니, 감정적인 이입이 상당했다. 한낮에 보는 영화지만 주인공들의 고민, 사건 사고가 정신적인 피로감을 만들어냈다. 물론 그만큼 소득도 있었다.

"이 감독님은 괜찮네요. 영상미도 독특하고."

"그치? 김정수 감독님이 이름과는 다르게 영화는 정말 섬세하게 뽑으시거든. 근데 문제가 좀 있어. 너도 알지?"

"네, 청불 영화만 고집하시는……."

그의 작품은 전부 베드신이 들어가 있다.

사랑을 아주 불같이, 격정적으로 나누는 장면은 그의 트레이드마크라 할 수 있었다. 주인공들이 사랑을 확인하는 장면으로 쓰이기 때문에 선정적인 느낌보단 잘되었다는 안도감을 선사하긴 하지만… 임수연 작가는 베드신을 넣을 생각이 없었다.

이 영화 자체가 청춘 장르도 포함되기 때문이다.

고등학생이 베드신을?

단숨에 청불로 관람 등급이 올라가 버릴 것이다.

그래서 김정수 감독의 편집 능력이 탐은 나지만… 아웃. 지영은 붉은 펜으로 줄을 쭉쭉 그었다.

김정수 감독의 작품이 추려놓은 마지막이라 리스트에 남은 감독은 딱 세 명이었다.

어느 좋은 날의 김인범 감독, 그 시절 우리들의 정철 감독, 그리고 바람피우기 좋은 날씨다의 이민정 감독.

지영은 요즘은 서울 오피스텔을 얻어 살며 매일같이 출퇴근을 하는 임수연 작가에게 시선을 줬다.

"누가 제일 낫겠어요?"

"네, 네……?"

"가능하면 임 작가님 생각에 맞춰보려고요. 애초에 머릿속에 모든 그림을 가지고 있는 건 임 작가님이기도 하고."

"아……"

사실 그 정도는 지영도 할 줄 알았다.

대본을 보는 정도로도 어느 부분이 임팩트를 주고, 어느 부분이 반전이고, 어느 부분이 인상을 찌푸리게 만들고, 이런 정도는 충분히 보는 순간 다 파악을 끝냈다. 하지만 그래도 지영은 임수연에게 선택권을 주고 싶었다.

작가에 대한 배려였다.

지영의 배려에 임수연은 한참 고민에 빠진 얼굴이었다. 그런 그녀가 다시 고개를 든 건 오선정이 차와 음료를 내왔을 때였다.

"저는… 이민정 감독님이요."

"이 감독님이요?"

"네……."

"그분으로 하고 싶은 이유는 뭔가요?"

"그냥… 제일 잘 이해하고 찍어주실 것 같아요. 그리고 제 의견을 어필하기도… 여성 감독님이라 좀 쉬울 것 같고……."

지영은 그 대답에 고개를 끄덕였다.

확실히 남자와 여자의 감성은 차이가 날 수밖에 없고, 그걸 받아들이는 부분에서도 당연히 갈라질 수밖에 없었다.

이민정 감독은 그런 부분에선 임수연의 의견을 잘 들어줄 것 같았고, 의도를 아주 잘 표현해 줄 것 같기도 했다.

게다가 그녀는 바람이라는 난감하고 민감한 주제로 무려 15금 등급을 받아낸 편집 능력자이기도 했다.

"혹시 이 감독님 연락처 알고 있는 분 계세요?"

"수민 언니 알고 있지 않을까? 예전에 같이 작품 했던 걸로 아는데."

"그래요?"

지영은 한정연의 말에 바로 폰을 꺼내 임수민에게 전화를 걸었다.

뚜르르, 뚜르르, 뚜르…….

―응…….

"또 잤어요?"

―응… 왜?

"누나, 혹시 이민정 감독님 연락처 알아요?"

―누구……?

"이민정 감독님이요. 왜, 누나랑 같이 작품 한 번 했다면서
요."

―아… 민정이? 알지. 며칠 전에도 만나서 술 마셨는데.

"그분 연락처가 필요해요."

―그, 심장 때문에? 민정이로 하게?

아직 결정된 건 아니지만, 일단은 만나서 대화를 나눠볼 의
향은 있었다.

"아직 결정 난 건 아니에요. 임 작가님이 이 감독님이 낫다
고 하셔서 일단 만나보려고요."

―아……. 알았어. 내가 물어보고 연락처 보내줄게. 참고
로… 민정이 걔 성격 장난 아니니까 각오는 하고.

"네? 뭘 각……."

뚝.

전화가 끊겼다.

지영은 끊어진 폰을 가만히 내려 보다가 좀 전의 대화 내용을 설명했다. 그러자 그런 성격이셨던가? 하고 다들 고개를 갸웃했다. 영화제 상 받을 인터뷰와 차림새를 볼 때는 천생 여자 같은 느낌을 줬었기 때문이다.

　사람들 앞에서 보여주는 모습과 친한 지인에게 보여주는 모습이 다른가? 지영은 그럴 수 있겠다고 생각했다.

　뭐, 요즘 연예인들 중 그렇지 않은 사람이 솔직히 몇 명이나 될까? 그걸 생각하면 그리 이상한 것도 아니었다.

　지잉.

　잠시 뒤에 임수민에게 번호가 날아왔다.

　그 밑에 짤막하게 '콜이라던데?' 이런 말도 덧붙어 있었다.

　지영은 바로 그 번호로 연락을 넣었다.

　내용은 간단했다.

　[배우 강지영입니다. 작품 얘기로 잠시 뵙고 싶습니다.]

　이렇게 적어 보내자마자 전화가 지잉! 지잉! 울려대기 시작했다.

　"네, 강지영입니다."

　─강지영 씨?

　"네, 강지영입니다."

　─이야… 반가워요. 이민정 감독이에요. 살다 살다 강지영 씨가 연락을 주는 날도 있고, 참 이런 날이 다 있네요.

"하하……."

차분함이 가득 느껴지는 목소리였다.

일단 임수민이 말한 것과는 좀 다른 반응이긴 했지만 지영은 일단 대화를 이어나갔다.

"메시지 넣었을 때 말했던 것처럼 작품에 대한 얘기를 좀 하고 싶습니다."

─그래요, 해요. 어디로 갈까요?

"제가 여기 위치 넣어드릴게요."

─네, 지금 준비하고 바로 출발할게요.

지영이 네, 하자마자 전화가 뚝 끊겼다.

잠시간 통화로 느낀 것은 굉장히 냉정한 느낌이 강했다. 공과 사, 딱 필요한 것만, 필요한 일만 하는 자기중심적 성격이 아닌가 싶었다. 하지만 미리 예단하지 말자는 생각과 동시에 사무실 위치를 메시지로 넣어주고 자리에서 일어났다. 일어나자마자 다시 지잉! 하고 답장이 왔다.

준비하고 출발, 도착하는 데 한 시간 반쯤 걸린다는 답장이었다.

"한 시간 좀 넘게 걸린다니까 그동안 좀 쉴까요?"

"으… 그래그래. 휴가 끝나고 너무 빡세다, 우리."

"대신 일 없을 땐 펑펑 놀잖아요."

"그거야 그렇지만… 으차! 그럼 난 공부 좀 해야겠다. 요즘 애들 스타일이 어떤지 확인도 할 겸."

"수고해요."

"그래, 너도!"

한정연과 이성은이 공부를 위해 한쪽 자리로 같이 향했고, 다른 직원들도 제자리를 찾아갔다. 지영은 옥상에 갈까 하다가, 밀린 대본이나 읽을 생각에 자신의 방으로 들어갔다. 여전히 산더미처럼 쌓여 있는 대본을 보며 지영은 홈피에다가 당분간 대본을 받지 않겠다고 올릴까 하다가, 그냥 그러지 말잔 생각에 고개를 저었다.

작품을 하는 동안에는 다른 시나리오들을 아예 안 본다. 하지만 쌓이고 쌓여도 작품이 마무리되면 읽기는 한다.

'혹시 알아? 저 산더미에 진주가 숨어 있을지……'

그리고 저걸 보낸 사람들의 마음과, 재미와 상관없이 저걸 쓰는 데 들어간 노력을 생각하면 무시해선 안 되겠단 생각도 동시에 들었다. 보낸 순으로 정리해 놓은 책의 산에서 일단 가장 위에 있는 것을 집어 든 지영은 불쑥 황정만에게 연락을 안 했단 생각이 들어 그에게 얼른 메시지를 넣었다.

그러자 황정만도 바로 출발한다는 답장을 보내왔다.

시나리오는 대개 재미가 없었다.

이걸 집필하느라 고생했을 원작자에게는 미안한 말이지만 재미없는 게 정말 대부분이었다. 게다가 거의 대부분이 너무 뻔한 스토리, 뻔한 캐릭터, 뻔한 결말이다. 특히 한국식 반전 엔딩은 지겹기까지 했다.

그래서 지영은 속독으로 쭉쭉 넘겼다. 그래서 하나를 다 보는 데 10분이 걸리지 않았다. 굉장한 속도였다. 그래도 넘치는 대본들을 다 읽기에는 무리가 따랐다. 일곱 권쯤 보고 있었을 때 자리에서 일어난 지영은 눈을 비비곤 옥상으로 올라왔다.

치익.

"후우……."

글자를 읽으면서 무거워졌던 머리가 연기에 실려 나가는 것 같았다. 이제는 여름의 무더위도 한풀 꺾이고, 선선한 바람도 종종 불기 시작했다. 여름에서 가을로, 두 계절이 서로 간에 치열한 자리 쟁탈을 하는 시기였다.

물론, 여름이 버티긴 하겠지만, 이길 일은 없을 것이다.

왜?

한국에서의 사계절은 자연의 순리이기 때문이었다.

반쯤 담배를 피웠을 때 지잉, 지잉, 메시지가 연달아 들어왔다.

확인해 보니 이민정 감독이 거의 다 도착해 10분쯤 남았다는 메시지가 하나, 마찬가지로 황정만도 거의 다 와간단 메시지가 하나였다. 두 사람에게 적당히 답장을 적어 보낸 지영은 다시 내려와 탈취제를 뿌렸다. 그리고 도착해 간단 말을 전하고 화장실에 갔다 왔더니 딱 이민정이 사무실로 들어왔다.

그녀는… 감독이다.

그런데 지영의 눈에 비취는 이민정은 감독이 아니라 오히려 배우 같았다. 걸 그룹인 한사랑, 루스키에 혼혈인 매순과 비교해도 전혀 꿀릴 것 같지 않은 늘씬하게 뻗은 팔다리에, 완벽하게 관리된 몸매, 그리고 칼을 안 댔을 거란 확신이 드는 마스크까지, 이민정은 차라리 감독보단 배우에 훨씬 어울리는 외모와 체형을 가지고 있었다. 청바지에 운동화 차림인데도 그런 느낌이 들 정도이니 꾸며놓으면 어떨까, 지영까지 궁금해질 정도의 미모였다. 그런 이민정이 성큼성큼 다가와 지영의 앞에 서서, 손을 쭉 뻗었다.

"강지영 씨죠? 반가워요. 감독 이민정이에요."

그리고 눈빛과 말투에는 도도함, 자신감이 합쳐진 아우라가 있었다.

성공한 커리어 우먼?

지영이 이민정에게서 느낀 첫 감정이었다.

"앉을까요?"

"네, 그럼요."

지영의 안내에 소파에 앉고, 김미연이 얼른 움직여 차를 타왔다. 그동안 지영은 한정연과 이성은을 포함해 사람들을 소개했다. 당연히 이민정의 가장 큰 관심을 받은 건 임수연 작가였다. '테러리스트'를 썼다는 말에 빤히 응시하는 이민정의 눈빛엔 숨길 수 없는 열망이 있었다.

"반가워요. 이민정이에요."

손을 척 내밀자, 임수연은 우물쭈물하다가 조심스럽게 그녀가 내민 손을 잡았다. 그러자 이민정은 호탕하게 위아래로 흔들곤 씩 웃었다.

"저도 '테러리스트' 보고 싶었는데 초대장이 안 와서 한참 안타까워하고 있었어요. 그게 입봉작이라면서요?"

"아, 네……."

"이야, 입봉작으로 강지영 씨랑 같이 일하고, 임수연 씨 대단하네요."

"아뇨, 그 정도는……."

임수연 특유의 대답에 이민정은 더욱 진한 미소를 그렸다.

확실히 당당함이 말투와 눈빛에 넘쳐흘렀다. 행동 하나하나도 보면 그랬다. 처음 오는 장소고, 처음 보는 사람들이 있음에도 결코 꿀리지 않았다.

"자, 일 얘기를 할까요?"

지영은 그런 이민정의 관심을 자신에게 다시 끌어당겼다.

그러곤 준비해 놨던 시나리오를 스윽 손끝으로 마치 카드를 밀듯 밀어줬다.

그러자 가만히 그걸 보던 이민정이 매처럼 휙! 소리가 나게 잡아채곤 바로 앉은 자리에서 읽기 시작했다.

어차피 스토리 라인을 간추려서 넣은 것과 캐스팅된 혹은 예정인 배우들의 이름이 적힌 총 20장짜리의 짧은 요약본이었다. 그래서 읽는 데는 금방이었다. 10분도 채 안 되어 시나리오를 다시 내려놓은 그녀가 반짝이는 눈으로 입을 열었다.

"정만 오빠도 캐스팅됐어요? 수민 언니랑?"

"네, 구두상으로는요."

"하, 근데 수민 언니는 나한테 말도 안 해줬네? 치사하게."

인상을 찡그린 이민정이지만 지영은 그게 그렇게 중요한 건 아니었다. 지영에게 중요한 건 이민정 작가가 이 작품을 연출할 생각이 있나, 없나, 이게 중요했다. 그런 지영의 시선을 받은 이민정은 잠시 생각에 잠겼다.

"음… 준비 중인 게 있긴 한데……."

"……."

감독이 작품 준비를 안 하면 그게 어디 감독이겠나.

아마 모든 감독들이 그럴 것이다.

"제목도 나쁘지 않고, 내용도 나쁘지 않고, 배우는 최상인 작품이라……. 이거 잘못하면 배우들 이름값으로만 끌고 가는 작품이 될 수도 있다는 건 알죠?"

"물론이죠. 그래서 편집 능력이 뛰어난 감독을 찾고 있었어요."

지영이라고 모를 수가 없다.

내용이야 몇 번이나 설명했으니 결코 나쁘지 않다. 하지만 그렇다고 엄청, 엄청 신선한 소재도 아니었다. 그래서 임수연 은 작품에 굉장히 많은 감정을 집어넣길 원했다. '테러리스트' 도 그랬지만 배우들의 감정 연기에 정말 힘을 쏟는 게 임수연 작가였다. 하지만 편집 능력이 꽝이면?

작품은 정말 배우들이 멱살을 끌고 가는 형태로 뽑힐 것이 다. 그리고 그걸 아니 지영과 임수연은 감독 섭외에 신중에 신 중을 기하고 있었다.

"으음⋯⋯."

이민정의 고민이 지영의 대답을 들은 뒤에 더 깊어졌다. 한 참을 결정을 내리지 못하고 있는데 사무실 문이 벌컥 열렸다.

"에헤이! 브라더!"

어떤 작품에서 처음 선보였던 대사를 이제는 아예 고정 인 사처럼 쓰며 등장한 그는 곧바로 사무실의 정적을 깨뜨리다 못해 어수선하게 만들었다. 이민정도 생각에서 깨어나며 그를 봤고, '하아' 한숨을 내쉬었다.

지영은 그걸 보곤 둘 사이가 안 좋은가 하는 생각이 들었으 나 다가온 황정만의 말에 그건 아님을 알 수 있었다.

"오우, 이게 누구냐. 이민정이 아니냐? 오랜만이다."

"네, 삼촌."

"아니, 아야. 삼촌이 아니라 오빠라고 부르라고 몇 번이나 말하냐, 엉?"

"띠 동갑이 넘게 차이 나는데 오빠는 무슨 오빠예요? 욕심도 많아, 진짜!"

확실히… 오십 중반을 넘어 육십이 다 되어가는 황정만이고, 반대로 이민정 감독은 사십 대 초반이다. 오빠라고 하기에는 나이 차이가 꽤 났다. 하지만 황정만은 결코 그런 걸 신경 쓰는 타입이 아니었다.

"아니, 그게 뭐가 어때서? 여기 강 동생은 잘도 형님이라 불러주는데 너는 왜 안 되냐?"

"그거야 제 맘이죠. 여긴 무슨 일이세요?"

"강 동생이 너 불렀다고 혀서 한번 와봤어야. 끝나고 한잔 빨아재낄까 하고."

피식. 또 술이다.

하여간 황정만도 대단한 사람이다.

작품이 없는 비시즌엔 언제나 술과 함께 산다더니, 그 말이 거짓이 아니었다. 지영의 폰으로도 하루에 몇 개씩 술 마시는 사진이 보내왔었다. 물론 늦은 시간을 피해, 거의 대부분이 낮 아님 이른 저녁이었다.

"앉어, 앉어. 내 집이다 생각하고 편히 앉어."

인심 쓴다는 표정으로 휘휘 손짓하는 황정만은 역시 넉살도 장난이 아니었다. 김미연이 평소 그가 즐겨 마시는 믹스 커피를 타다 주자 또 호들갑을 떨었다.

"아 뜨! 아 뜨브라! 아야! 혀 뎄잖여!"

"쿡쿡쿡!"

사무실 직원들이 결국 소리 죽인 웃음을 터뜨리고 말았다. 지영도 그냥 피식피식 실소를 흘렸다. 그의 등장은 확실히 조용하고, 묵직하던 전의 분위기를 완전히 정반대로 바꿔 버렸다.

후릅……

"어으, 이제 좀 낫네. 시나리오는 봤고?"

"네, 완성본을 봐야 알겠지만 일단 요약본만 훑어봤어요."

"글서, 감상은 어뗘?"

"재밌었어요. 특징만 딱딱, 아마추어 냄새가 좀 나지만 그거야 어쩔 수 없는 노릇이죠. 이제 두 번째 작품일 테니."

"그렇긴 허지. 저 임 꼬마가 그래도 꽉 막힌 애는 아니라니까 나중에 둘이 같이 수정 좀 해봐."

"저 아직 한다고 안 했는데요?"

"헐……."

황정만이 종이컵을 입술 근처에 대고 황당하단 표정으로 그녀를 바라봤다.

"니 설마, 고민허냐?"

"네, 그럼 안 해요?"

"헐, 아야. 이 정도 시나리오에 나랑 수민이가 나오고, 저기 강 배우가 출연하는데 고민을 헌다고?"

"그래도 할 건 해야죠."

"웃기는 가스나야. 니 그러다 훅 날아가? 니는 이게 평범한 경우처럼 보이냐? 감독이 아닌 배우가 감독을 캐스팅하는 거여. 값비싸게 굴다가 괜히 튕겨 나가지 말고, 불러줬을 때 얼른 결정하는 게 좋을 거여."

"……"

등장 후 처음으로 나온 황정만의 냉정한 말에 이민정은 눈살을 작게 찌푸렸다. 지영은 둘의 대화에 굳이 끼지 않고 지켜봤다. 딱 봐도 황정만이 나서서 그녀의 결정을 빠르게 정리해 줄 것 같았기 때문이다.

지영도 질질 끄는 건 질색이었다.

게다가 이제 슬슬 가을도 오고 있었다.

낙엽이 지기 전엔 모든 준비가 끝나고 크랭크인에 들어가야 했다. 그래야 촬영을 끝내고, 최민석이 제안한 신은정 작가의 신작인 왕야(王爺), 숙(肅)에 바로 들어갈 수 있었다. 그래서 지영은 더 이상 질질 끌고 싶지 않았다.

사실 황정만이 저런 말을 안 했고, 이민정이 튕겼다면?

깔끔하게 내보냈을 것이다.

"하아, 하여간 삼촌은 이래서 안 돼요."

이민정의 한숨에 황정만은 눈을 끔뻑거렸다.

"또 뭐? 왜 또? 나 또 뭐 잘못했냐?"

"됐어요! 후우……."

빽 소리를 짧게, 복식 호흡으로 끊어뜨린 이민정이 지영을 바라봤다. 그러곤 아까 임수민에게 그랬던 것처럼 손을 쭉 뻗었다.

"잘해봐요."

"네, 저도."

실소가 나오는 걸 참은 지영은 참 여자란 어렵다는 생각을 불쑥 하고 말았다. 본래도 할 생각이었을 것이다. 그런데 좀 고민하던 모습을 보이려고 했는데, 황정만이 등장해서 산통을 싹 깨버리니 그냥 깔끔하게 인정한 것이다.

눈을 끔뻑이며 둘을 보고 있는 황정만은 왜인지 억울한 눈빛이었다. 하지만 이민정은 끝까지 화를 낸 이유를 알려주지 않았다.

"임 작가님은 내일부터 저랑 같이 대본 작업할까요?"

"아… 네!"

벌써 작업에 들어간단다. 하지만 그 이전에 선행되어야 하는 부분이 있었다.

"계약은요?"

"그건 제 변호사가 조건 들고 갈 거예요. 절대로 받아들이지 못할 만큼 무리한 조건은 없을 테니까 그 부분은 걱정 마세요."

"…네."

저렇게 당당하게 얘기하는 걸 보니, 믿어도 될 것 같았다.

대화가 마무리되어 가자 또 황정만이 슬슬 눈치를 봤다. 딱 봐도 정리하고 술 마시러 가자고 할 분위기였다. 그런데 그 눈치를 이민정은 기가 막히게 캐치했다.

"집에 개처럼 기어가고 싶으면 어디 술 먹자고 또 해봐요."

"아니, 내가 그렇게까지 마시잔 건 아니고……."

술이 센가 보다.

황정만이 꼬리를 내리는 걸 보니.

"전 시작하면 끝을 보는 성격인 거 아시죠? 제대로 마실 거 아니면 입에 대지도 않을 거니까 잘 생각하고 말해요."

"허… 이 황정만이 가오가 있지. 그 정도에 겁먹을 줄 알았냐. 가, 야, 가자고!"

피식.

씨익 웃는 이민정의 미소가 어쩐지 살벌했다.

황정만은 사무실을 정리하고 가겠다는 오선정과 김미연의 손을 붙잡고 아예 밖으로 나가 버렸다. 그렇게 한우 식당으로 이동해 가진 회식에서 지영은 아주 확실하게 알 수 있었다.

이민정은… 괴물이라는 것을 말이다.

*   *   *

시간은 시위에서 놓인 살처럼 흘러갔다.

선선한 바람이 불기 시작한 어느 날, '테러리스트'가 드디어 개봉했다. 수많은 관심을 받고 있던 '테러리스트'는 개봉과 동시에 독주(獨走)를 시작했다. 사실 많은 사람들이 성인이 된 강지영의 연기력을 의심했었다. 그럴 수밖에 없었다.

연기를 놓은 지 5년이었다.

절대로 짧은 시간이 아니었다.

그래서 우려의 시선이 상당히 많이 존재했었다.

간간이 은정백화점 CF와 대성병원 무료 의료 서비스 광고에도 나왔지만 그걸로 연기력을 평가하기엔 무리가 있었다.

하지만 분명 그 반대로 생각하는 사람도 있었다. 배우 본인에겐 좋지 않았던 일이지만 많은 일이 있었던 만큼 감정의 깊이, 표현만큼은 훨씬 더 깊어졌을 거라는 말들이 많았다. 그리고 막 개봉한 '테러리스트'는 후자가 맞았다.

강지영.

천재 배우 강지영.

그가 어렸을 적 보여줬던 모습이 결코 우연이 아니었음을,

단순히 연기 신동 정도가 아니었음을 '테러리스트'에서 아주 제대로 보여줬다. 관리를 받지 않은 것 같은 칙칙한 모습은 한물 간 나쁜 남자가 무엇인지, 아니, 그 이상을 보여줬다. 특히 무감정한 눈빛에서 때때로 나오는 감정들은 여심을 자극하다 못해 아릿하게 만들었다. 연기력? 그것에 대한 감평은 아예 쏙 들어갔다. 논란? 아예 시작도 되질 못했다.

강지영이란 한 배우가 성인이 되어 보여주는 깊은 눈빛, 대사, 유창한 외국어, 그 모든 게 너무나 확실하게 어우러져 있었다.

특히 테러리즘에 대한 고뇌는 잘못된 선택에 대한 단 한 번의 후회는 보는 이들로 하여금 불쌍하게도, 이질적이게도, 그럼에도 용서할 수 없는 마음을 가지게 만들었다.

중세 시대의 피의 논리?

테러의 희생양이 되었기 때문에 똑같이 피로 복수를 한다?

현대사회에서는 어릴 적부터 시작하는 교육을 통해 무조건 막는 사고방식이다. 하지만 교육을 받지 못한 태석은 피로 되갚는다.

욕을 할 수 있을까?

태석을 욕해도 되는가?

결론은 여러 가지로, 객의 성향에 따라 나뉘어졌다.

욕할 수 없다.

그는 피해자다.

욕할 수 있다.

그는 가해자다.

배우의 연기력이 아닌, 캐릭터의 성향이 논란의 불씨를 당겨 버렸다.

그래, 강지영의 작품에 논란이 없으면 그게 이상한 일이라 생각하던 사람들이 얼쑤! 엉덩이춤을 추고 논란에 적극 달려들었다. 성선설? 성악설? 인간이 가진 기본적인 윤리 도덕? 모든 소재가 총동원되어 반박 논리의 바탕이 되었다.

여름과 가을의 자리 교체에 지치고 무료해하던 이들이 놀기엔 최적의 주제였다. 영화가 주는 논란거리는 또 있었다.

극 중반에서 후반으로 넘어갈 때 나오는 태석의 샤워 신. 이 샤워 신은 많은 사람들의 입을 떡 벌리게 만들었다.

몸이 만신창이였다.

상체가 정말 누더기라고 해도 될 만큼 찢어지고, 뚫리고, 그을린 자국이 너무나 많았다. 그걸 본 사람들은 당연히 저 흉터가 분장이라고 생각했다. 하지만 자신을 어느 병원 VIP 병동 간호사라고 소개한 네티즌이 저 흉터는 실제 강지영이란 배우의 몸에 새겨진 흉터라는 글을 올렸고, 모두가 입을 뜨악 벌렸다.

저 흉터가? 전문가들이 보았을 때 그 흉터의 종류는 한두

개가 아니었다. 채찍에 맞아 찢어진 상처, 칼에 베여 찢어진 상처, 총에 뚫려서 난 상처에, 불로 지진 상처까지 정말 각양 각색이라고 했다.

특히 등 쪽은 만신창이었다.

매달아놓고 채찍으로 수십, 수백 번을 후려갈긴 게 아니라면 절대로 나올 수 없는 상처라고 했다.

그래서 절대 실제 흉터는 아닐 거란 말이 나오다가 도로 들어가 버렸다. 지영이 이슬람 테러리스트들에게 납치당했었다는 사실을 떠올린 것이다. 그럼, 가능성이 극적으로 올라가 버린다.

실제 테러를 겪은 배우.

그 배우가 테러리즘에 대해 연기한다.

범인이라면 살아 돌아왔어도 아마 미쳐 버렸을 것이다.

그 끔찍한 고문까지 겪었다면, 절대로 정상적인 사고방식을 유지하긴 힘들 것이다. 고문이란 사람을 극한으로 몰아넣어 피폐하게 만든 다음, 정신을 무너뜨릴 목적으로 행해지는 게 보통이기 때문이다.

그런데 지영은 그걸 견뎌냈다.

옛날보다 날카로워지긴 했지만 그래도 정상적인 생활을 하고 있었다. 게다가 돌아와서 몇 번이나 테러의 위험에 부딪쳤으면서도 굴하지 않은 모습을 보이고 있었다. 웬만한 정신력으로는 정말 어림도 없는 일이었다.

결국 끈질긴 기자 몇 명이 당시 담당 의사를 찾아냈고, 직접 인터뷰로 그 흉터들이 진짜임을 밝혀내자 네티즌들은 조용해졌다.

그만한 흉터를 몸에 아로새기고도 이렇게 돌아와 준 강지영에게 고맙고, 미안했던 것이다. 어쨌든 이런 논란들을 낳으며 영화는 엄청난 점유율을 보이기 시작했다. 조조부터 심야까지 거의 모든 상영관이 전석 매진율을 보일 정도로 엄청났다.

돌아옴에 대한, 다시 연기를 해준 것에 대한 보답인가?

한국 영화 사상 최단기간 천만을 찍었다.

근데 재미난 건 그 이전 기록도, 그 전전 기록도 지영 본인이 가지고 있었다. 이전 작품은 당연히 '피지 못한 꽃송이여'고, 그 이전은 '무신'이었다. '리틀 사이코패스'는 그 전이었다. 자신의 기록을 갱신하며 인터넷을 아예 테러리즘과 테러리스트의 내용으로 장악해 버렸다. 한 배우가 보여주는 파급력이 과연 어디까지 미칠 것인가, 그 끝을 보여주고 있는 것 같았다. 천만을 넘은 '테러리스트'는 연일 기록을 세우며 행진했다.

극장가에는 정말, 예고된 돌풍이 불어 즐거운 비명을 흘렸다. '테러리스트'를 보러 왔다가 못 본 사람들이 다른 영화도 보면서 매출이 확 떴기 때문이다. 새로운 얼굴들의 등장도 한몫했다.

주연배우들이야 그렇다 쳐도 한사랑의 극장가 데뷔도 아주 성공적이었다. 드라마에는 몇 번 나와 연기력을 인정받았지만, 짧은 순간 임팩트를 줘야 하는 영화 데뷔도 아주 긍정적인 평가를 받았다.

영화가 천오백만을 넘겼을 때쯤, 또다시 강지영의 팬들을 설레게 하는 기사가 떴다. 당연히 그 기사는 신작에 대한 정보가 담겨 있었다.

〈가제, 너의 심장이 먹고 싶어〉

2017년인가? 그 이전인가, 그 이후인가, 어쨌든 그 당시에 나왔던 일본 청춘 멜로 영화의 리메이크 판이 아닌가 싶을 정도로 제목이 흡사했다. 하지만 일단 '가제'라고 가정이 붙었으니 제목은 넘어갔고, 강지영의 스크린 공백이 없을지도 모른다는 사실 자체가 팬들을 흥분하게 만들었다.

게다가 누님들의 로망 중 하나인 교복이다.

고등학생 역할을 맡을 거란 얘기에 지영의 팬들은 환호했다. 팬은 스타의 여러 가지 모습을 보고 싶어 한다. 그중 지영에게 가장 많이 바란 모습 중 하나가 바로 학생이었다. 그것도 교복을 입은 학생.

즉, 고딩 역할을 소원했던 것이다.

그런데 그 소원이 이루어지게 됐다.

환호할 만할 이유가 충분했다.

캐스팅에 대한 정보도 풀렸다.

대배우 황정만이 남교사 역에, 연기력은 이미 탑 수준인 임수민이 여교사 역에, 그리고 여주인공 역인 여고생엔 아직 정보가 하나도 없는 '서원'이란 대학생이 캐스팅됐고, 그 외에 조연들도 속속 캐스팅되기 시작했다.

그리고 감독직엔 이민정이 맡았다는 기사가 나왔다. 최대한 가을 중순을 넘기지 않고 크랭크인할 것이란 기사도 흘러나왔다.

쓸쓸한 가을.

청춘.

멜로.

강지영이란 배우에게 저 모든 게 전부 어울릴 순 없으나, 최소한 두 개만큼은 역대급으로 소화해 줄 것이란 기대감이 팽배해졌다. 한 달이 쏜살처럼 흘러갔다. 영화는 여전히 순풍을 타고 쾌속 주행을 하고 있었고, 신작 준비 또한 그에 못지않게 잘 흘러가고 있었다. 10월 초, 그쯤 어느 날, 대본 리딩을 위해 드디어 배우들이 한자리에 모였다.

*　　　　　*　　　　　*

이번에도 투자금의 절반 이상을 대성에서 투자해, 리딩도 대성 호텔에서 열렸다. 지영은 참 많이도 온다는 생각을 하며 대기실에서 메이크업을 받고 있었다. 메이크업을 받고, 준비해 준 의상으로 갈아입고 나오니 한 30분쯤 시간적 여유가 있었다. 지영은 인사나 하고 와야겠단 생각에 밖으로 나왔다.

VIP 회의실이다 보니 휴게실이 20개가 넘게 있었고, 배우들과 스태프들이 모두 쉬고도 남을 정도로 넓었다.

지영은 우선은 바로 옆에 있는 황정만의 대기실로 향했다.

똑똑.

"이잉, 들어오쇼."

늘어지는 황정만의 대답에 문을 열고 들어가니 그가 남교사 역에 맞춰 메이크업을 받고 있었다. 자신의 본래 나이보다 열 살은 더 적어야 하는지라 그는 엄청난 피부 관리를 받았고, 그 덕분에 정말 40대 중반처럼 보이는 외모로 탈바꿈했다.

피부 미용의 발전은 정말 엄청났다.

"안녕하세요, 형님."

"그려어. 일찍 왔다잉."

"어후, 몰라보게 변하셨는데요? 관리 엄청 받으셨나 봐요?"

"죽는 줄 알았당께……. 니랑 같이하는 거 아녔음 진즉에

때려치울 뿐했다……."

메이크업을 받는 중이라 눈동자만 돌려 복화술처럼 대답하는 그는 피부처럼 윤기가 돌지 않았다.

진짜로 관리가 힘들었는지 눈빛이 매우 피곤해 보였다. 하지만 배우라면 당연히 견뎌야 하는 부분이고, 그도 알기 때문에 지금 지영에게 투정은 부려도 실제로 그랬을 가능성은 없었다.

"회춘하셨는데요, 뭘. 사모님이 안 좋아하세요?"

"니한테 사모 소리 듣는 거 싫다 했다 안 했냐……. 형수님이라 불러라."

"아… 아하하."

욕심들은…….

하지만 뭐, 어려운 게 아니기에 지영은 그냥 넘어가기로 했다.

"시간 좀 남았제? 야야, 이거 을마나 걸리냐?"

메이크업 담당한테 물어보자 그녀는 '다 됐어요' 하고 마무리한 다음 옆으로 비켜섰다. 스윽. 의자 손 받침을 짚고 일어난 그는 자신의 얼굴을 거울에 이리저리 비춰봤다.

"영 적응이 안 되네, 이거……. 사람은 자기 나이에 맞게 살아야 허는 법인디……."

이해한다.

세월에 역행하지 않고 순응하는 이들이 가진 기본적인 마음가짐이고, 지영도 그쪽에 가까웠다.

"담배나 하나 피우러 가자."

"네."

그는 정말 지영을 편하게 만들어줬다.

나이 차이가 띠동갑 두 바퀴가 넘는데도 술도 편하게, 담배도 편하게 피우게 하는 건 웬만한 성격으론 정말 힘든 일이었다.

환풍 시설이 끝내주는 흡연실로 들어가 둘은 담배를 입에 물었다.

"후아… 살것다, 살것어. 야야."

"네?"

"이 귀찮은 거 니는 어떻게 했냐? 그 왜, '피지 못한 꽃송이여'에서 니 여장 했었잖어."

"작품이니까, 연기니까 참고 했죠. 저도 불편해 죽는 줄 알았어요."

"어휴… 나는 못 하것다."

고개를 절레절레 흔든 황정만은 담배를 쪼옥 빨아들였다. 되게 볼품없게 피우는 게 또 그만의 담배 피우는 방식이었다.

"인사하러 다니는겨?"

"네, 이제 수민 누나 방에 가보려고요."

"그려, 수민이 지금 서원인가 하는 친구랑 같이 있는 거제?"

"네, 서원 씨는 소속사가 없으니까요."

"그랴그랴. 알았어. 이따 보자고."

"네."

퉁!

꽁초를 튕겨 재떨이에 정확히 넣은 황정만이 먼저 퇴장했다.

지영도 담배를 끄고 주머니에 있던 탈취제를 꺼내 몸에 뿌렸다. 이게 정말 기가 막힌 게, 담배 냄새 하나만큼은 기똥차게 잡았다.

똑똑.

임수민 대기실의 문을 노크하자 바로 대답이 들려왔다.

"네, 누구세요?"

"누나, 저 지영이요."

"아, 지영이구나. 오 분만 기다려 줄래? 나랑 서원이 옷 입는 중이거든."

"네."

그냥 벌컥 열고 들어갔으면?

지랄 날 뻔했다.

임수민이야 뭐, 아무런 문제도 없겠지만 서원 그 아가씨에게 씻을 수 없는 모욕감을 안겨줄 뻔했다.

그래서 지영은 노크의 중요성을 새삼 다시 깨달았다. 정확히 5분 뒤 임수민의 들어오란 말이 들려왔고, 문을 열고 들어가자 배역에 맞춘 듯 의상을 입은 둘이 보였다. 임수민은 국어 교사다.

단정한 정장 차림이었고, 서원은 당연히 교복이었다. 지영도 교복 바지 비슷한 걸 입고 위에 흰 셔츠를 입었으니 다들 비슷했다.

"칭찬은?"

"인사가 먼저 아니라요?"

"이럴 땐 박수 치면서 칭찬부터 해주는 게 예의란다."

피식.

"그런 예의가 있는지는 지금 처음 알았네요."

"있어. 내가 오늘 만들었거든. 그래서 칭찬은?"

짝짝.

"잘 어울려요, 두 사람 다. 매우, 엄청 많이요."

"비꼬기는. 여기 앉아."

자리에 앉자마자 서원이 인사를 해왔다.

"안녕하세요."

"네, 오랜만에 보네요? 잘 지냈어요?"

"네에, 생각해 보니 그때가 정말 꿈 같은 상황이란 걸 깨닫고 여태 몽롱하게 지냈어요. 아… 내가 정말 캐스팅됐구나……. 이런 생각하면서요."

"꿈 아니에요. 준비 많이 했어요?"

"네, 제가 할 수 있는 최대한! 했어요."

"그럼 잘 부탁할게요."

"네, 저도……."

꾸벅.

지영이 한참 선배인지라 아직 어색해서 그런지 동갑인데도 서원은 지영에게 깍듯했다. 연기할 때 이런 모습은 방해가 되겠지만 그때 본 서원의 모습이 떠올라 지영은 걱정을 씻은 듯이 날려 버릴 수 있었다.

그때 봤던 서원의 연기력은 1에서 10등급으로 나누면, 최소한 2에서 2.5등급이었다. 물론 낮을수록 연기를 잘한다는 가정이다.

한 10분쯤 그렇게 얘기를 나누고 있는데, 노크 소리가 다시 들렸다.

"배우분들 준비해 주세요!"

스태프의 말에 지영은 알겠다고 대답하곤 자리에서 일어났다. 이제 잡담은 그만, 오랜만에 다시 일로 복귀할 시간이었다.

짝!

뺨을 소리 나게 친 지영은 사람들의 시선을 한 몸에 받으며 자신의 자리에 가서 앉았다. 잠시 뒤에 이민정이 등장하고, 깊게 허리를 숙여 인사 뒤에 마이크를 집어 드는 걸로 대본 리딩이 시작됐다.

Chapter66
대본 리딩

"어디 가는 길이야?"

서원의 목소리가 낭창하게 회의실에 울렸다. 빤⋯⋯. 신인이라 그런지 모두의 시선을 한 몸에 받은 그녀는 조금의 미동도 없었다. 담담한 여고생의 목소리만 붉은 입술 밖으로 흘려낼 뿐이었다.

확실히 그녀는 심장이 단단했다.

"학원."

지영이 짧게 대사를 받자, '으음⋯' 하는 탄성이 흘러나왔다. 뭔가를 고민하는 것 같은 뉘앙스가 잔뜩 묻어 있는 탄성이었다.

"너 어디 학원 다닌다고 했지?"

"예성 학원 다니지. 왜?"

"거기 국어 잘 가르쳐?"

"국어……? 아니, 국어는 안 받아서 모르겠어."

"그래? 아, 나 국어 좀 부족한데……."

이번에는 안타깝다는 듯이 '하아' 하는 한숨 소리가 들려 나왔다. 중간에 호흡을 조절하는 것도 아주 좋았다. 지영은 그런 서원을 잠시 보다가 다시 대사를 쳤다.

"근데 국어는 담탱이도 잘 가르치잖아? 웬만한 학원 샘들보다 훨씬 낫다던데?"

"그건 그런데… 그냥 담탱이 수업은 싫어서. 알았어. 널 보자."

"응."

지영이 도착하자 바이바이, 하는 짧은 인사가 뒤이어 들렸다. 일단 이 장면 대사는 여기서 끝. 지영은 서원을 바라봤다. 그녀는 담담한 표정으로 대본을 갈무리하고 있었다. 피식. 확실히 진짜 강심장은 강심장이다.

이 많은 배우들 사이에서, 이제 갓 데뷔하는 신인이 조금의 떨림도 없이, 한 번의 NG도 없이 대사를 소화하고 있었다. 그냥 대충 한 것도 아니었다. 대사마다 톡톡 튀는, 여고생 특유의 어조가 아주 잘 들어가 있었다. 작년까지 그녀도 여고생이었으니 어려운 건 아니겠으나, 이런 자리에서 그걸 고스란히 대사에 담기란 아무래도 쉽지 않은 법이었다.

짝짝짝.

"와, 죽이네."

경상도 사투리로 황정만이 박수와 엄지를 더해 그녀를 칭찬했고, 꾸벅! 서원은 앉은 자리에서 깊게 고개를 숙여 그 인사를 받았다. 지영도 박수를 쳤다. 그녀는 정말로 박수를 받을 자격이 있었다.

큼큼, 한동안 배우들이 서원에게 칭찬의 의미로 보낸 박수를 이민정 감독이 헛기침으로 잠재웠고, 다음 신을 지정했다.

이번엔 황정만과 임수민의 대사였다.

"크으음, 크흠!"

목을 가다듬은 황정만이 대본을 내려놓고 임수민을 직시하며 포문을 열었다.

"하아, 정 선생. 꼭 이렇게까지 해야 돼?"

"그럼요. 학생이 잘못했으면 벌을 받아야지요."

"아니, 걔가 일부러 그런 것도 아니잖아? 누명이라잖아, 누명!"

"그게 거짓말인지, 진짜인지 어떻게 알아요? 박 선생님, 박선생님이 그렇게 애들을 감싸고만 도니까 애들이 잘못을 해도 반성하질 않는 거예요!"

"아니, 그래도 무작정 처벌은 아니지! 선생이 애들을 지켜줘야지! 어떻게 그렇게 원칙대로만 하려고 해!"

"원칙… 아아, 원칙."

하이로 올라가던 임수민의 목소리 톤이 뚝 꺾였다.

마치 나뭇가지를 반 토막 낸 것처럼 완전히 뚝 꺾여 급작스럽게 떨어졌다.

흠칫.

"정, 선생? 이봐, 정 선생?"

"원칙……. 후우, 후우, 후우……."

원칙이란 말에 흥분 것 같은 임수민. 아니, 정 선생 캐릭터의 모습을 그녀는 완벽하게 표현하고 있었다. 실제로도 눈을 감고 가슴을 지그시 누른 뒤, 아랫입술을 질끈 깨물고 있었다. 두 사람의 대사가, 두 사람이 보여주는 표현력이 회의실에 앉아 있는 모두를 끌어당기고 있었다.

'압도적이라고 해야 하나……?'

제대로 자신의 연기력을 받쳐줄 상대를 만난 황정만과 지영만큼이나 수많은 삶을 거쳐 왔던 임수민의 연기는 그냥 생각처럼 압도적이었다. 대사 한 글자, 표정, 미약한 떨림, 호흡 조절, 그 모든 게 완벽했다.

다른 배우들도, 스태프들도 숨도 쉬지 못하고 그런 두 사람의 연기에 흠뻑 빠져 있었다. 보통, 어느 한 분야에서 일가를 이룬 사람을 대가(大家), 혹은 달인(達人)이라고 한다. 임수민이야 그렇다 쳐도, 황정만은 이런 두 단어를 써도 정말 아무런 무리도 없는 사람이었다.

"후우……."

임수민이 호흡을 갈무리하는 걸로 두 사람의 대사가 끝났다.

"……."

"……."

서로 건너편에 마주 앉은 두 사람의 눈빛이 부딪쳤다.

씨익.

"이야, 임수민이 아직 안 죽었네?"

"저를 뭘로 보고 그러세요? 이제 기력 떨어질 나이인 오빠보다야 당연히 제가 낫지 않겠어요?"

"하여간 주둥이는 예쁘게 살아 있으서, 클클."

스륵.

황정만이 의자에 몸을 깊게 눕히면서 두 사람의 리딩이 끝나고, 다음으로 조연 배우들의 리딩이 시작됐다. 한 시간쯤 흐른 뒤, 다시 지영과 서원의 차례가 되었다. 이민정이 지정해 준 대로 지영은 대사를 시작했다.

"몸은 좀 어때?"

"으응? 으음… 그냥 그럭저럭?"

"뭐야, 그 성의 없는 대답은?"

"그냥… 진짜 그럭저럭이야."

좋은 것도 아니고… 나쁘지도 않고… 그냥 그저 그래.

흘리듯이 나온 뒷말에는 정체를 알 수 없는, 파악하기에는 힘든 어떤 미묘한 감정들이 숨어서 톡톡 날뛰고 있었다.

'대단하네……'

만약 그냥 이 대사를 들었어도 저 혼잣말에 고개를 갸우뚱했을 것이다. 지영은 순수하게 서원의 연기 실력에 감탄했다. 이런 연기자를 소개받아, 작품을 같이할 수 있게 됐음에도 감사했다.

주변, 그리고 본인의 상황 때문에 언제나 신경을 제대로 못 쓰고 있긴 하지만 그래도 지영은 언제나 연기를 할 때는 늘 진지했다. 그래서 한 작품을 찍더라도, 미진함을 안고서 작품을 하는 건 싫었다.

어쩌면 자존심이 용납하지 않는 것일 수도 있었다.

"너는?"

잡생각을 끊어버리겠단 것처럼 대사가 바로 날아들었다.

"나도 그냥, 그냥 그랬어."

"뭐야, 너도 성의 없는데?"

"학교 수업이란 게 그렇잖아. 수업 받고, 쉬고, 수업 받고,

쉬고, 밥 먹고, 또 수업하고. 그것밖에 없는데 뭐."

"하긴……. 거기나 여기나. 여긴… 검사받고, 쉬고, 또 검사받고… 쉬고. 그게 다니까. 너랑 나랑 하루가 거의 똑같다, 하하."

말이야 같다고 하지만 실제로는 매우 다르다.

그걸 둘 다 알고 있었다.

감정은 그래서 미묘하게 나뉘어 표현되었다.

여기서 한 사람은 창밖을 보고, 한 사람은 창밖을 보는 사람을 바라본다. 중요한 신이었다. 감정과 감정이 엇나가면서, 청춘의 시대 속에 선 두 사람의 감정이, 안타깝게도 나와야 하고, 답답하게도 나와야 했다.

풋풋함은 당연히 베이스에 깔려 있어야 했다.

청춘 남녀.

그러나 밝지만은 않은 두 사람.

이 장면은 이렇게 표현되어야 했다.

"계속 창밖만 볼 거야?"

"응……."

"그래, 그럼 난 간다."

"……."

대답이 없자 자리에서 일어나 뒤도 돌아보지 않고 그 공간을 빠져나가자, 그제야 침대 위에 있던 사람은 시선을 돌려 그가 떠난 빈자리를 바라봤다. 미안함, 원망을 담은 정체를 알 수 없는 눈빛이었다.

지영은 서원의 눈빛을 피하지 않았다.

입술을 꾹 깨문, 아까 임수민과 비슷한 표정이었다.

연기자가 연기에 아직도 몰입해 있었다.

감정을 느끼며 음미하고 있었다.

대사 자체에는 임팩트가 없지만 눈빛, 몸짓에 임팩트가 있는 장면이라, 서원은 그 안에 풍덩 빠져 즐겁게 노닐고 있었다.

하지만 과한 것은 역시 모자람만 못하다.

힐끔, 지영의 시선을 받은 임수민이 짝! 박수를 세차게 쳤다. 그러자 움찔한 서원이 곧 제 눈빛을 참고는 '후우⋯' 깊은 한숨을 내쉬었다. 들어가는 것도 빠르지만 나오는 것도 역시 빠르다. 게다가 금방 정상적인 눈빛으로 돌아오는 걸 보면 감정에 미련을 두는 것도 아닌 것 같았다.

여러모로 정말 대성할 자질이 충분한 신인이었다.

"자자, 그럼 다음 신으로 넘어갈게요."

주변을 환기한 이민정이 다시 진행을 했다. 보통은 조연출이나 다른 스태프들이 받은 대로 진행하지만 그녀는 전부 자기가 진행했다. 준비도 직접 나와서 하나씩 하나씩 꼼꼼하게, 다시 꼼꼼하게 챙겼다.

그런 스타일을 보니 메가폰을 쥐면 어떻게 변할지 벌써부터 예상이 갔다. 하지만 반대로 그래서 믿음이 갔다. 확실한 한 컷을 위해서는 저렇게 끝까지, 지켜보는 사람과 연기하는 사람이 지칠 정도로 꼼꼼해 줄 테니 말이다.

이후 약 30분 간 더 리딩을 진행했고, 자리를 정리하고 바로 회식 장소로 이동했다. 회식 장소 또한 호텔 지하의 일식집이었다. 이민정과 황정만, 임수민과 서원, 그리고 지영이 한자리에 앉았는데 이날 다섯이서 먹은 술만 소주 각 7병이었다. 그리고 지영에겐 처음으로 집까지 가는 기억이 흐릿한 날로 자리 잡았다.

*   *   *

"아……."

머리가 깨지는 것 같은 통증을 느끼며 잠에서 깬 지영은 본능적으로 폰을 꺼내 시간을 확인했다.

"……."

하아…….

잠시 멈칫한 뒤, 한숨이 절로 나왔다.

12시, 벌써 정오가 지나고 있었다.

어제 정말 태어나서 처음으로 작정을 하고 마셨다. 원래는 그렇게 인사불성이 될 정도로는 절대로 마시지 않는 성격이라 적당히 취기가 올라왔을 때 일어나려고 했지만 이민정, 임수민, 황정만에 그리고 서원까지. 말술들이 잡고 안 놓아주는 바람에 지영도 체념하고 아예 끝장을 볼 각오로 마셨다.

그랬더니 서원이 마지막에 '와… 일곱 병이다, 일곱 병…….' 많이도 마셨다…' 이런 혼잣말을 하는 걸 끝으로 기억이 점차 흐릿해졌다. 그래도 다행히 차에 타고 나서야 기억이 확 날아갔고, 집에 도착해서도 바로 잠들었기 때문에 크게 문제를 일으킨 건 없는 것 같았다.

"정확하진 않겠지만……."

씻지도 않고 자서 지영은 일단 샤워부터 했다.

차가운 물줄기가 얼굴로 '네 이놈!' 하고 호통 치는 것처럼 쏟아지자 정신이 빠르게 걷히기 시작했다.

그렇게 밖으로 나오자 은재가 눈을 쪽 째리고 있었다.

이럴 땐? 빠른 사과가 상책이다.

"미안."

"하여간 눈치는. 속은 좀 괜찮아? 머린 안 아프고?"

"응, 씻고 나왔더니 괜찮네?"

"으이구… 어머님이 아침에 너 깨우러 방에 들어가셨다가 기겁하시더라. 술 냄새가 아주 진동을 한다고. 대체 어제 얼마나 마신 거야?"

지영은 조심스럽게 손가락 일곱 개를 폈다.

그러자 은재가 헐, 하고 어이없는 탄성을 흘렸다.

"적당히 마시고 오려고 했는데, 정만 형님이랑 민정 감독님이 잡고 안 놔줘서."

"그랬다고 끝을 보셨어요?"

"마시다 보니 그렇게 됐네?"

"으이구… 자랑이다. 얼른 아침 먹어. 너 눈이 아직도 빨간게 아직 술이 안 깬 것 같아."

"응."

지영은 주방으로 움직여 뭐 먹을 게 있나 확인했다. 아니, 하려고 했는데 귀신같이 유선정이 나와 앉아 계세요, 하고는 앞치마를 챙겨 입으며 주방을 점거했다. 미리 준비해 놨는지 콩나물 북엇국과 나물 위주의 반찬이 금세 상에 차려졌다.

"언제나 고마워요."

"후후, 별말씀을요."

유선정이 지영의 인사를 가볍게 받고는 다시 방으로 들어갔다. 그러자 은재가 다가왔다. 국을 한술 떠서 입에 넣는데 그녀의 말이 날아들었다.

"맞다. 이따가 두 시쯤에 은채 온대."

그 말에 맛을 느낄 사이도 없이 지영은 국을 꿀꺽 삼켰다.

"김은채?"

"응, 할 말 있다고 너랑 나랑 같이 좀 있으라던데? 너한테 전화했는데 안 받아서 나한테 했어."

"음……."

할 말이 있다고?

지영은 일단 고개를 끄덕였다.

무슨 일인지 모르지만 둘 다 같이 있으라고 한 걸 보니 그냥 얘기나 하자고 오는 건 아닌 것 같았다. 거실 벽에 걸린 시계를 힐끔 보니 막 한 시로 긴 시침이 다가서고 있었다. 좀 서둘러 밥을 먹은 지영은 양치를 하고 은재와 얘기를 나누며 김은채를 기다렸다. 그리고 딱 정각 두 시에 등장한 김은채. 비서와 함께 들어선 그녀의 표정은 전에 없을 정도로 환한 미소가 서려 있었다.

전에 없이 밝은 얼굴이라 지영은 고개를 갸웃했다.

"무슨 일이길래 얼굴이 그리 희희낙락해?"

은재가 묻자 그녀는 여전히 웃는 낯으로 비서에게 손을 쭉 뻗었다. 그러자 그녀의 비서가 고급 가죽으로 만든 게 분명해 보이는 가방에서 서류를 하나 꺼내 김은채의 손에 올려줬다. 지영과 은재, 두 사람의 시선이 그 서류로 향했다.

"자."

"뭔데 이게?"

"확진서 정도?"

"확진?"

의미를 모르는 게 아니라, 무슨 확진서인지가 궁금했다.

'내 검사 결과는 아닐 거고. 그럼 은재밖에 없는데?'

아…….

지영은 뒤늦게 은재가 노르웨이에서 수술을 받았던 게 생각했다. 종양 제거 수술이라고 했는데 아마도 그 조직 검사에 대한 소견 같은 게 적혀 있는 게 아닌가 하는 생각이 들었다. 은재가 서류를 받아 꺼내자 영어로 적힌 문서와 한글로 번역된 문서 두 종류가 같이 들어 있었다.

"……."

은재는 일단 영어 문서부터 읽었고, 다 읽고 그걸 지영에게 건네줬다. 영어야 문제가 안 되는지라 지영은 금방 내용을 읽어 내려갔다. 내용이야 간단했다. 수술 부위에서 떼어낸 멍울이 양성이고, 전이나 재발 가능성이 0.5% 이하라는 내용이었다. 이 정도면 완치였다. 한글로 된 문서야 같은 내용의 번역이니 굳이 읽어볼 필요도 없었다.

다만 한 가지 의문이 생겼다.

"이거 내가 은재 데리고 오기 전에 받은 수술이고, 검사잖아. 근데 왜 이게 이제 왔지?"

"날짜 보면 알겠지만 그거 온 지는 좀 됐어. 그런데 그것만 덜컥 믿을 수 없으니 국내 연구 기관이랑 대학 병원에 전부 보내서 따로 알아보느라 시간이 걸린 거야."

"아아……."

"뭐든 확실한 게 좋잖아? 국내 유수의 연구 기관과 대학 병원에서도 같은 소견을 내놨으니 그 서류에 신빙성이 확 실렸고."

지영은 김은채의 말에 고개를 끄덕였다.

하긴, 저 정도 집안에서 나고, 자라고, 지켜본 김은채가 저런 서류 하나만 보고 덜컥 믿을 사람이 아니었다.

게다가 어릴 적 험악한 일도 당해 의심이 엄청나게 는 김은채다. 이 정도 검증은 그녀라면 당연한 일이고, 까다롭게 군 것도 아니었다.

"축하해."

"언니……."

"또, 또 이럴 때만 언니지."

"흐흐, 진짜 고마워……."

은재가 활짝! 편 양팔을 보며 김은채는 잠시 주춤했으나 결국은 다가가서 그녀를 안아줬다. 성이 다르다. 그러나 둘은 분명 같은 피가 일정량은 흐르는 자매였다. 그래서 둘의 모습은 오랜만에 따뜻한 모습을 피워냈다.

어느새 나온 유선정도 둘의 모습에 작게 박수를 쳤다. 그녀의 입가에는 거의 엄마와 같은 미소가 머물러 있었는데, 그것만 봐도 그녀가 은재를 얼마나 아끼고 사랑하는지 알 수 있을 것 같았다.

그래서 문득 지영은 저 유선정이 은재의 엄마였으면 어땠을까 하는 생각을 해버렸다. 하지만 이상하게도 나쁘지 않은 생각 같았다. 이 지구상에서 은재를 가장 잘 알고, 가장 잘 챙겨줄 사람은 역시 그녀, 유선정이 최고일 테니 말이다. 지영이 아무리 은재를 잘 챙긴다고 해도 아마 유선정만큼은 힘들 거라고 본인 스스로도 생각됐다.

'나조차 저건 까맣게 잊고 있었으니까…….'

중간중간 생각났지만 건강한 은재를 보면 금방 그 걱정이 행복함에 묻혀 버렸었다. 하지만 그게 또 변명이 될 순 없었다.

"이잉……."

은재는 오랜만에 눈물을 흘렸다.

기쁨의 눈물이었다.

그 눈물을 보며 지영은 은재가 말은 안 했어도 속앓이를 하고 있었다는 걸 깨달았다. 그러면서 그걸 아예, 정말 0.1%도 티를 내지 않은 은재가 서운했고, 정말 독종이구나, 하는 생각이 동시에 들었다.

하지만 그 서운함은 곧 털어냈다. 오늘은 축하해야 할 날이었기 때문이었다. 너무나 기분 좋은 날이기 때문이었다. 남아 있던 술기운이 싹 날아갔고, 덩달아 기분이 확 좋아졌다. 실실 웃음이 나올 정도였다.

훌쩍.

"진짜… 진짜 고맙다, 언니……. 흐흐."

"야, 울다 웃으면 어디에 뭐 난다?"

"똥꼬에 털 난다!"

짝!

김은채가 굳이 말하지 않은 걸 은재가 활짝 웃으며 대답해 버렸고, 그 벌로 등짝 스매싱이 작렬했다.

"아야! 아파!"

"이게 숙녀가 못 하는 말이 없어? 누가 그런 말 입에 담으래. 엉? 요 입이 담았어? 엉?"

"아프… 흐흐."

그래도 좋다고 둘은 웃었다.

피식.

지영은 둘이 할 얘기가 많을 것 같아 자리를 피해주기로 했다. 밖으로 나온 지영은 마치 은재를 축복하기 위해 내려주는 것처럼 느껴지는 따스한 햇살에 다시 기분 좋게 미소를 지었다. 항상 가던 곳에 가서 앉은 지영은 폰을 꺼내 전화를 걸려다가 멈칫했다.

은재의 일이다.

이 일은 은재가 직접 두 분께 전하는 게 맞는 것 같단 생각
이 들었다. 송지원에게도, 칸나에게도 은재가 직접 연락하는
게 나을 테니 지영은 그냥 황정만을 비롯해 임수민, 서원, 이
민정 감독 등에게서 잘 들어갔냐고 보내온 메시지에 답장을
넣어 주곤 폰을 내려놨다.

"후……."

뭔가 기분 좋은데, 허전한 느낌이 들었다.

김은채가 신경 써줬으니 일단은 은재를 양보했다. 그랬더니
요상하게도 이런 기분이 들었다. 지영은 자신이 은재를 확실
히 많이 좋아하긴 하는 것 같단 생각이 들어 피식 웃었다. 잠
시 그렇게 쉬고 있는데 유선정이 지영을 찾아왔다. 늘어져 있
던 지영은 유선정이 앞에 서자 바로 몸을 세웠다.

아까도 얘기했지만 너무나 고마운 사람이라 함부로 대해서
는 절대 안 된단 생각 때문이었다.

"은채 아가씨가 오늘은 집에서 파티를 하는 게 어떻겠냐고
물어보세요."

"은채가요?"

"네, 지인분들 불러서 파티를 하자시네요."

"음… 그건 제가 결정하기는 힘들겠어요. 일단 아버지랑 어
머니 허락이 있어야 하니까요."

"두 분에게는 은채 아가씨가 연락 중이랍니다."

"저는 상관없습니다. 은재도 괜찮다고 하던가요?"

"아주 힘차게 끄덕이셔서 목에 무리가 오는 게 아닐까 걱정이 들 정도였어요."

피식.

은재는 자신의 감정 표현이 정말 솔직하다.

그러니 은채의 파티 소리에 아주 고개가 부러지도록 끄덕였을 거고, 그 모습이 훤히 상상이 되자 실소가 흘러나와 버린 지영이었다. 지영도 찬성이었다. 이런 날 파티를 안 하면 언제 파티를 하겠나?

"지인분들 초대는 어떻게 할까요?"

"두 사람한테 맡기는 걸로 할게요."

"네, 그럼 그렇게 전할게요."

"네."

유선정이 일어나 자리를 떠나고, 지영은 잠시 쉬다가 뒤따라 들어갔다. 기분 좋은 날이 될 것 같았다. 하지만 역시 지영의 인생은 호락호락하지 않았다.

*   *   *

그날 저녁, 지영의 집에서는 또 성대한 파티가 열렸다. 김은 채는 아예 작정하고 음식을 전부 출장 뷔페에서 시켰고, 고급 요리 또한 엄청 수급해 왔다. 클래식 밴드까지 부르려는 걸 은재가 겨우 말렸지만 분위기는 정말 파티와 흡사했다.

그리고 은재와 친한 사람들이 거의 다 모였다.

지영은 그쯤 알 수 있었다.

유은재, 김은채, 두 사람이 너무나 행복해하는 걸 보며 둘 다 그 수술 결과를 엄청 신경 쓰고 있었다는 사실을 말이다. 그런데도 그걸 지영에게는 얘기를 하지 않았다. 솔직히 말해 지영은 파티 내내 웃고 있었지만 그 부분이 신경 쓰였다. 그래서 파티 내내 생각하다 보니 어떻게 지나갔는지도 모를 정도로 획! 하고 지나갔다.

모든 건 시작되면 끝도 나는 법처럼 파티도 밤 10시쯤, 딱 세 시간만 하고 끝났다. 평일이라 오래오래 즐기기엔 무리가 있었기 때문이다.

다들 돌아가고 모두가 잠든 밤, 지영은 혼자 밖에 있었다. 혼자 있는 지영의 표정은 즐겁게, 아무런 문제도 없이 파티를 끝냈음에도 그리 유쾌한 얼굴이 아니었다. 처음에는 아니었는데, 이상하게 계속 신경이 쓰였다.

자신의 신경을 못 썼다는 자책감과 말을 해주지 않고 지금까지 꽁꽁 숨겼다는 것에 대한 서운함, 실망감 등이 동시에 올라왔다.

사람 참 간사하다.

아까 낮엔 미안했으면서, 지금은 실망, 서운해하고 있었다.

'아니, 아까도 서운했었지.'

뭐랄까… 둘이 상반되는 괴상한 현상이 마음속에서 일어나고 있었다. 그래서 지영은 지금 자신이 뭔가 이상하다는 걸 조금씩 깨닫고 있었다.

치익.

"후우……."

이건 다르다.

평소의 냉정한 자신에게서는 나오지 않을 감정 상태였다. 지영은 그걸 냉정하게 인지하기 시작했다.

'뭐냐……'

왜 이런 감정 변화가 일어나는 거냐?

은재와 김은채의 행동은 분명 서운할 수 있는 행동이다. 그런 중요한 걸 숨겼으니 왜 그랬냐고 따져 물을 수도 있는 상황이었다. 하지만 그건 일반적인 경우고, 지영은 충분히 그것보다 더 잘 해결할 수 있었다.

그런데 지금, 감정의 변화는 그걸 막고 있었다.

'설마……'

지영은 폭군이 했던 경고이자 협박을 떠올렸다.

"내 스스로 내 광기를 풀 수 없다면, 나는 언제고 너를 파멸시킬 순간을 기다릴 것이다."

이게 그가 했던 경고이자 협박이었다.

지영은 파멸시킬 순간이란 대목에 주목했다. 지영은 제아무리 폭군 이건이라 할지라도, 인격의 완성을 이뤘다고 할지라도, 물리적인 방법으로 자신에게 해를 끼칠 수는 없을 거라 생각했다.

그렇다면 역시 남은 건 정신에 영향력을 행사해 오는 일이다.

피식.

'폭군 이건답지 않게… 이런 식이냐?'

너무 은밀해서 정말 잘못하면 그냥 지나칠 뻔했다. 만약 끝까지 파악 못 했다면? 지금 지영은 은재를 앞에 두고 그 서운함에 대해 불만을 표출했을 것이다. 물론 해도 된다. 은재가 숨겼다는 사실이 결코 지영에게는 좋게 받아들여질 순 없으니까.

냉정하게 얘기하면 숨긴 것이다.

멍울의 조직 세포 검사를 받았고, 그 결과는 아직 나오지 않았고, 그래서 나는 불안해요, 라는 사실 '자체'를 말이다.

그러니 이건 솔직히 지영이 은재에게 뭐라고 해도 그녀는 할 말이 없을 것이다. 그렇지만 다행히 그 모든 상황을 지영은 막았다.

'폭군이 이런 치졸한 방법을 쓰다니, 실망이야.'

그렇게 지영은 폭군을 자극해 봤지만 반응은 없었다.

그가 하지 않은 건가? 잠깐 그런 생각이 들었지만 이내 고개를 저었다.

"하아……."

지영은 담배를 하나 꺼내 입에 물었다.

이런 답답함, 참 싫다.

정리되지 않는 의문은 커다란 짜증을 안겨주기 때문이다. 기분이 좋아야 할 날 이렇게 혼자만 고민을 하고 있자니 지영은 괜히 서글퍼졌다.

무수히 했던 소망이지만, 지영은 삶이 끝나길 원했다. 자살 말고, 지긋지긋한 환생이 이제는 제발 좀 그만 이어지길 바랐다.

이건 진심이었다.

아주 조금의, 정말 0.1%의 거짓도 섞여 있지 않은 확실한 진심이었다. 임수민도 마찬가지였다. 그녀도 삶을 끝낼 방법을 수백 번의 환생을 거듭하며 찾고 있었다. 그리고 그건 지영도 마찬가지였다.

왜 그러냐고?

이런 변칙적인 상황이 싫고, 지긋지긋하기 때문이었다.

더 싫은 건, 그나마 이번 삶은 임수민이 있어 괜찮지만 그 이전엔 이러한 자신의 상황을 그 누구에게도 얘기할 수 없었기 때문이다.

축복?

"끔찍한 농담이지……."

지영은 저녁에도 적지 않은 술을 마셨지만 갑자기 더 술이 당겼다. 환생자 주제에 이런 고민이 있을 때마다 술을 찾냐고? 정신 수양이 너무 얕은 거 아니냐고? 환생자라고 별거 없었다.

그저 남들보다 훨씬 많은 기억을 가졌고, 그 기억은 경험이 되니 여러 상황에 유리하고, 그 유리한 만큼 인생을 윤택하게 살 수 있는 정도?

혜택이란 말은 쓰긴 그렇지만 정리해 보면 거의 그 정도였다. 예전에 유행했던 드라마 속의 막 하늘을 날거나, 순간 이동을 하는 외계인 주인공처럼 모든 것에 만능인 게 아니었다. 지영도 총에 뚫리면 죽고, 병에 걸려도 죽는다.

인간과 다른 건 기억과 경험이란 것밖에 없었다.

거기까지 생각이 미치자 결국 술 생각이 더 간절해졌고, 결국은 들어가서 독한 위스키를 꺼내 왔다.

즐겨 먹는 발렌타인이다.

다만 4만 원대 저가의 보급 위스키다.

꼴꼴꼴.

잔에 채워지는 밝은 갈색의 위스키를 보며 지영은 마치 자신의 인생이 이 보급 제품과 같단 생각이 문득 들었다. 싸게 싸게… 재생산 되는, 그리고 시중에 계속 풀리는… 억지로 끼워 맞추니 어쩐지 틀린 것도 아닌 것 같았다.

"씨발……."

그래서 결국 한마디 욕설과 함께 위스키를 단숨에 입에 털어 넣었다. 오늘 밤은 스스로의 의지로 붉은 달빛을 안주 삼아 취하고 싶었다. 그리고 진짜 그날 지영은 처음으로 술을 마시다 기억을 잃었다.

삶이, 인생이 점차 절벽 사이에 난 흔들 다리 위로 올라서는 것 같았다.

Chapter67
폭풍우의 섬

순식간이었다.

시간이 휙휙! 서울서 부산까지 달리는 KTX처럼 달려가더니 어느새 첫 촬영 예정 날짜에 성큼 다가섰다. 여름의 끝에 있던 계절은 가을의 중순으로 접어들었고, 외롭고 쓸쓸함을 유발하는 찬바람이 도심이고 시골이고 할 것 없이 전국 방방곳곳을 누비기 시작했다. 그중에서도 한적한 시골에 부는 바람은 유난히 쓸쓸했다.

혼자만 왔다 가면 될 것이지, 지나가면서 엄한 낙엽까지 치고 지나가 결국엔 떨어뜨리고 마니 더욱 그랬다.

그런 가을의 중순, 남해 어느 작은 군의 섬마을 주민들은 처음 보는 장비를 든 일단의 무리가 배에서 내리는 걸 신기한 눈으로 바라봤다.

영화 촬영 팀이었다. 그리고 그 팀 안에는 지영도 있었다.

"이야, 죽이네."

황정만이 어울리지 않게 뱃멀미에 진하게 시달린 얼굴로 그리 감상평을 내놓았고, 그 감상평에 많은 사람들이 고개를 끄덕였다. 장비를 한쪽에 옮기고, 숙소를 둘러보던 지영은 고개를 끄덕였다.

예전에 노르웨이에서 촬영할 때도 그랬다.

컨테이너를 다닥다닥 붙인 숙소를 사용했었는데, 여기도 거의 비슷했다. 촬영지가 서울과 한참 먼 남해의 섬이다 보니 왔다 갔다 하는 건 너무 효율이 떨어져 아예 이곳에도 숙소를 조성해 버렸다. 집을 짓는 건 너무 시간이 걸리니 아예 조립식 집 열댓 개를 가져다가 떡하니 설치해 버렸다.

물론, 이 모든 게 대성의 지원이었다.

숙소에 짐을 풀고 나온 지영은 주변을 둘러봤다.

해안가에서 조금 올라온 곳에 터를 잡아놔서 그런지 전망이 예술이었다. 남해의 바다는 동해와는 느낌이 좀 달랐지만 그래도 가슴이 탁 트이는 시원함을 선사하는 건 똑같았다. 숙소 위에 언덕으로 올라온 지영은 선객이 있음에 잠시 멈칫해야 했다.

"음… 안녕?"

"안녕하세여……!"

지영이 인사를 하자 선객, 아니, 선객들이 합창하듯이 인사를 했다. 이제 일곱? 여덟 살 정도 되어 보이는 남자아이 둘, 여자아이 하나가 지영을 멀뚱멀뚱 올려다봤다. 여기 마을에 사는 아이들 같았다.

도심에 있는 아이들과 달리 지영을 바라보는 눈빛에는 순수함이 그득했다. 그런 눈빛을 보자니 풍경만큼이나 힐링이 되었다.

"몇 살?"

"일곱 짤! 얘는 누나예여! 한 살 더 많아여!"

"누나인데 얘라고 하면 어떡해?"

"갠찮아여! 얘한테는 얘라고 해도 되여!"

앞니가 빠져 발음이 잔뜩 새는 대답을 내놓은 아이는 딱 봐도 개구쟁이였다. 지영을 보는 눈빛에 벌써부터 장난기가 어린 걸 보니 아주 심각한 개구쟁이가 분명했다. 슥슥 머리를 한번 쓰다듬어 준 지영은 아이들을 지나쳐 걸었다.

"어디서 왔어여?"

그러나 아이는 지영을 놔줄 생각이 없는 것 같았다. 지나가기 무섭게 옆으로 붙은 아이의 질문에 지영은 웃으며 대답해

줬다.

"서울."

"서울? 우아! 아저씨 서울에서 왔어여?"

"응. 근데 아저씨가 아니라 형이야."

"나보다 크면 다 아저씨! 아저씨, 학생도 아니잖아여!"

"학생 아니면 다 아저씨야?"

"네!"

아이의 논리에 지영은 헛웃음을 터뜨렸다.

아이들은 지영이 가는 길을 졸졸 쫓아왔다.

"아저씨, 어디 가여?"

대장으로 보이는 개구쟁이의 질문에 지영은 잠시 걸음을 멈췄다. 바보같이 움직였다. 지영은 지금 촬영장으로 쓸 학교를 찾아가고 있었다. 대충 마을 위쪽에 있다는 말을 들어서 계속 올라가고 있었던 것이다.

그런데 아이들에게 물으면 금방일 걸, 그냥 무턱대고 걷고 있었다.

"꼬마야, 이름이 뭐야?"

"철수여! 김철수!"

옆에 조용히 따라오는 여자아이에게 너는 영희니? 라고 물을 뻔한 지영은 다시 웃으며 물었다.

"철수야, 혹시 학교가 어디 있는지 아니?"

"학교여? 저기, 저기 마을 회관 뒤에 있어여!"

"그럼 형 좀 거기다 데려다줄래?"

"네에!"

역시 섬마을 아이들이라 그런지 타인에 대한 경계심이 거의 없었다. 아이들이 졸졸졸 앞에 걷고, 지영은 뒤에서 느긋하게 걸었다. 다음에 만나면 과자 좀 줘야겠다는 생각이 들었다. 아이들을 따라 걷길 20분쯤 지나자 학교가 모습을 드러냈다. 마을 회관 뒤로 난 산을 뱅 돌아서, 마을 건너편 바다가 보이는 쪽으로 있는 곳이었다.

운동장, 강당, 창고로 보이는 건물 두 개, 그리고 학교 건물.

"오……."

생각보다 꽤 규모가 컸다.

섬 마을 학교라서 1층짜리의 작고, 단출한 건물일 거라는 예상이 아주 보기 좋게 빗나갔다. 3층짜리 학교 본관은 못해도 오백 명은 수용할 수 있을 정도로 컸다.

운동장으로 들어서자 마치 운동회 직전인 것처럼 여기저기 천막이 쳐져 있었다. 하루 먼저 들어온 선발대들이 촬영 준비를 하고 있는 모습이었다. 작업 복장의 이민정이 자신의 사단을 이끌고 직접 진두지휘하고 있었다.

그땐 여배우 같은 기질이 보이더니, 이제는 거의 터프한 남성미까지 보이고 있었다. 지영은 그 모습을 보며 고개를 저었다.

솔직히 감독보단 연기가 더욱 어울릴 것 같은 사람이란 생각을 떨쳐낼 수 없어서였다.

꾸벅. 지나가던 스태프가 인사를 하고 가기에 지영은 얼른 잡았다.

"혹시 뭐 먹을 것 없나요? 이 아이들 줄 건데."

"아, 잠시만요. 제가 소품 팀에 가서 몇 개 가져올게요."

"아닙니다. 장소만 알려주시면 제가 갔다 올게요."

"네, 그러시면……."

이후 스태프가 알려준 곳으로 가서 과자 몇 봉지와, 사탕, 초콜릿을 적당히 챙겨다가 아이들에게 나눠 줬다. 그러곤 과연 어떻게 나눌까 궁금해 조용히 지켜봤다. 리더로 보이는 개구쟁이 철수는 양심적인 아이였다. 아니, 오히려 희생정신이 있었다.

"너는 내일도 가서 공부해야 되니까 이거 더 먹어!"

하더니 몸이 마른, 이름을 아직 모르는 여자아이에게 사탕과 초콜릿을 하나씩 더 줬다. 그러자 여자아이는 씩 웃고는 철수에게 폭 안겼다. 고마움의 표현이고, 순수함이 가득한 행동이라 지영은 저도 모르게 미소 지었다.

착한 아이들이었다.

그래서 이 아이들이 부디 지금 이 마음을 잃지 않고 성장하길 바랐다.

"왔어요?"

작업복에 코팅 장갑, 공업용 선글라스를 낀 채로 이민정이 다가왔다.

꾸벅.

"안녕하세요. 좀 전에 도착해서 둘러보고 있었어요. 근데 원래 이렇게 전부 직접 하세요?"

"그럼요? 감독이라면 당연히 모든 걸 총괄하고, 직접 할 줄도 알아야 하지 않겠어요?"

"이야……."

낮은 감탄사가 지영의 입에서 흘러나왔다.

이번엔 정말로 순수한 감탄사였다.

말이 직접 하는 거지, 소품 제작, 배치부터 시작해 모든 걸 총괄한다는 게 사실 쉬운 일이 아니었다.

온전히 자신의 머릿속에 있는 걸 만들고, 사들여서라도 반드시 세팅을 해놓아야 성이 차는 완벽주의자. 지영은 전에도 그랬지만 이런 이민정의 성격이 차라리 마음에 들었다. 이런 성격에서 나올 작품이 기대도 됐다. 그런 속내를 숨긴 채 지영은 학교 본관으로 시선을 돌렸다.

"학교 건물 안에 들어가 봐도 되나요?"

"네, 청소도 다 끝났으니 실내화로 갈아 신고 돌아다니면 돼요. 그리고 지영 씨가 촬영할 교실은 삼 학년 삼 반이에요."

"네, 감사합니다. 그럼 저녁에 뵐게요."

"후후, 그래요."

이민정이 미련 없이 떠나고, 지영도 학교 본관으로 걸음을 옮겼다. 입구에 도착하자 확실히 깔끔하게 청소가 끝나 있었다. 지영이 알기로 여기는 원래 폐교였다. 섬 어딘가에 있다는 광산 때문에 많은 인원이 몰려들었고, 그래서 지어진 학교였지만 광산이 폐광하고 다들 섬을 떠나면서 개교한 지 십 년만에 텅 비어버렸다는, 그다지 유쾌하지 않은 진실을 안고 있는 학교였다.

그런 학교가 영화 촬영 때문에 업체를 통해 아주 깨끗하게 청소가 됐다. 옛날 모습을 찾은 학교는 학생만 없을 뿐, 멀쩡히 돌아가는 학교와 아주 흡사했다. 다만 책상과 걸상은 없었다. 촬영을 진행할 교실이 있는 삼 층으로 올라오자, 창밖으로 바다의 풍경이 기가 막히게 시선에 들어왔다.

교실 창가 쪽에서 보이는 풍경, 복도 창가에서 보이는 풍경이 정말 끝내줬다. 이민정 감독이 이런 풍경을 위해 한 달을 넘게 고생고생하더니, 결국 이런 최고의 장소를 끝끝내 찾아냈다. 풍경 감상을 마치고 열려 있는 문을 통해 교실 안쪽으로 발을 들여놓았다.

처음으로 느껴진 것은 냄새였다.

설정상 남녀 합반이다 보니 남자아이들의 땀 냄새, 여자아이들의 화장품 냄새가 뒤섞여 반을 맴돌고 있었다. 그게 끝이 아니었다. 군데군데 떨어져 있는 쓰레기. 책상 서랍에서 삐죽 튀어나온 노트나 교과서, 사물함에 걸려 있는 땀내 나는 체육복, 그리고 고등학생 수준에 딱 맞을 미술 작품까지.

디테일이 엄청났다.

칠판에도 사용한 흔적을 남겼다.

수업을 했던 것처럼 칠판 가득 뭔가를 썼다가, 그걸 지우개로 지운 흔적을 고스란히 남겨놓았다. 그리고 재미난 건 오른쪽 상단에 주번 이름을 적어놓았는데 거기에 강지영, 서원의 이름이 적혀 있었다.

지영이야 이런 걸 본다고 해서 큰 감동을 받진 않겠지만 서원은 달랐다. 그녀는 이제 이게 데뷔 작품이다. 그러니 이런 소소한 것들이 그녀에겐 충분히 감동을 주는 이벤트가 될 것이다. 교실을 둘러보는 걸 끝낸 지영은 창가 끝, 바로 앞자리에 앉았다. 자리에 앉고 나니 자연스레 다른 감상이 떠올랐다.

오랜만이란… 감상이었다.

그날 이후, 당연히 다녔어야 할 학교를 다니지 못했다. 당연히 입었어야 할 교복도 옷장 속에서 제 임무를 완수하지 못한 채 걸려 있었다. 당연히 웃고 떠들었어야 할 은재와도 헤어져, 오 년이 넘는 세월 만에 만났다.

이 모든 게 강제적이었다.

그리고 가장 큰… 서소정을 잃었다.

이러한 감상들이 떠오르자 자연히 지영의 눈동자에 씁쓸함이 어렸다. 하지만 그것도 잠시, 밖에서 들려오는 말소리에 지영은 상념에서 벗어나 시선을 돌렸다. 말소리는 점점 가까워졌다.

"와… 진짜 학교 같아. 그치?"

"응. 대단하시다……."

"어, 저기다. 삼 반."

젊은 여성의 목소리.

서원과 그녀의 친구 역으로 캐스팅되었고, 현실에서도 진짜 친구 사이인 김주희의 목소리였다.

드륵!

지영이 닫아놓았던 문이 열리며 둘이 들어섰다.

"아, 옛날 생각… 엄마! 깜짝아!"

"안녕하세요?"

"으잉… 안녕하세요!"

김주희가 놀란 그 표정으로 지영의 인사를 후다닥 받았다. 영화 촬영을 위해 아끼던 머리까지 단발로 자른 김주희가 인사 뒤에 숨을 몰아쉬었다.

"일찍 왔네?"

"좀 전에 왔어."

"그래?"

"응."

연기를 위해서 서로 말을 놓긴 했지만 어색함이 남아 있는 건 어쩔 수 없었다. 처음 사무실에 본 날, 그리고 리딩 날, 이렇게 두 번이나 같이 술자리를 가졌음에도 아직은 서먹함이 남아 있었다.

"숙소는?"

배우, 스태프들 할 것 없이 여자들 숙소는 아예 다른 곳에 있었다. 혹시 모를 불상사를 막으려면 차라리 같이 있는 게 낫지만, 이민정의 의견이 워낙에 확고했었다. 어쨌든 그래서 숙소는 따로 떨어져 있었다.

"우린 아까 배에서 내린 데 근처에. 너는?"

"조립식 숙소야."

"별로야?"

"……."

지영은 고개를 저었다.

숙소는 매우 깔끔했다. 웬만한 모텔보다도 깔끔한 숙소라 사용하는 데 불편함은 조금도 없었다.

지영은 손가락을 칠판을 가리켰다.

"저기로 가봐."

"응?"

고개를 갸웃하면서도 곧잘 따라간 서원은 지영이 그곳으로 보낸 이유를 바로 발견했는지 '어머!' 하곤 손으로 입을 가렸다. 역시나 그럴 줄 알았다. 힐끔 그녀의 옆에 있는 김주희를 본 지영은 잠시 인상을 찌푸렸지만, 이내 바로 폈다.

'질투라…….'

피식.

인간이 가진 아주 기본적인 감정이다.

각도상 서원은 뒤통수만 보이지만 그녀의 옆에서도 조금 뒤에 있던 김주희는 반사적으로 지은 표정을 지영에게 고스란히 보였다. 반사적으로 지은 표정이었는지 금방 사라졌지만 서원의 반응을 주시하던 지영이 그걸 놓칠 리가 없었다.

하지만 이내 관심을 껐다.

친구 사이의 우정까지 신경 써줄 정도로 오지랖이 넓은 성격은 아니기 때문이었다.

흥미를 잃고 시선을 돌린 지영에게 저 멀리, 바다 건너편에서 몰려오는 새까만 구름이 눈에 들어왔다.

한바탕 비가 쏟아질 것 같았다.

*   *   *

뱃사람들은 그런다.

바다의 날씨가 여인네의 마음보다 더 복잡하고 변덕스럽다고.

그 말이 지금 아주 딱 맞았다.

지영이 섬에 들어온 다음 날, 고사를 지내려고 할 때부터 쏟아지던 비가 그치질 않았다. 아니, 그치긴 그치는데 진짜 잠깐 그쳤다가, 이제 됐지? 하는 것처럼 다시 폭우를 쏟아부었다. 이유는 올라오던 태풍 때문이었다.

원래는 으레 그랬던 것처럼, 일본으로 돌아갈 거라 예상됐던 놈이 갑자기 제주도 근처까지 온 다음 트는 바람에 그 영향권 안에 섬이 아주 제대로 들어가 버렸다. 그 결과 섬은 며칠째 새까만 어둠에 잠겨 굵은 빗방울에 몸을 사정없이 두들겨 맞아야만 했다.

쏴아아아……!

지영은 대지를 두들기는 빗소리를 느끼며, 창밖을 멍하니 바라봤다. 숙소가 아무래도 해안가와 가깝다 보니 혹시 모를 침수에 대비해 아예 학교 안으로 옮겨 버렸다. 학교는 지대가 높아 침수는 물론 산사태 걱정도 없었다.

강당은 남자 숙소로, 여자들은 본관 1층에 자리 잡았다. 지영과 배우들은 2층, 3층을 따로 썼다. 그래도 개인실이었다. 지영도 강당에서 쉬어도 상관없다고 했지만 이민정은 단호하게 고개를 저었다.

배우의 몸 상태는 어느 순간에도 최선이어야 한다는 게 그녀의 지론이었고, 그 지론을 지키기 위해서는 본인의 희생도 마다하지 않았다.

그래서 영화에 출연하는 주연배우들은 모두 혼자 교실을 사용했고, 너무 넓고 휑하다 생각하는 이들은 둘, 셋씩 짝을 지어 사용했다.

덕분에 지영은 하루 종일 이렇게 떨어지는 비를 보며 지내고 있었다.

따분할 수도 있겠지만 지영은 별로 그런 생각이 들지 않았다.

지영은 사색을 좋아한다.

특히 혼자서 하는 사색은 굳이 찾아서 할 정도로 좋아했다.

그런 지영이다 보니 이렇게 혼자 있으면 오히려 마음이 여유로웠다. 뭐, 별다른 일만 안 일어나 준다면 말이다.

드르륵!

"에헤이, 동상!"

문이 열리고 벌써부터 취기가 잔뜩 느껴지는 황정만이 등장했다. 안 그래도 홍조가 있는 황정만인데 술까지 마시니 아주 그냥 활활 타오르는 것처럼 빨갰다.

"또 마셔요?"

"이건 내가 먹고 싶어 그런 거 아녀. 글쎄 수민이 고것이 부침개를 그리 잘 부칠지 누가 알았다냐."

어딘가 어긋나는 말투지만 그냥 넘어갔다. 어차피 의미만 잘 알아들으면 되기 때문이다. 손에는 소주병, 한 손에는 접시에 부침개를 잔뜩 담아 온 그는 의자를 발가락으로 집어 뺀 다음 앉고 나서야 양손에 든 걸 책상 위에 올려놨다.

'먼저 내려놓고 의자를 빼면…….'

될 걸 굳이 저렇게 요상한 동작으로 해야만 했을까 하는 의문이 생겼지만 곱게 접어 넣어뒀다.

"일루와, 동생도 한잔해."

지영은 가만히 있다가, 고개를 절레절레 젓고는 그의 앞에 앉았다.

"어제도 마셨고, 오늘 아침에도 드셨으면서 술이 또 들어가요?"

"야야, 이런 날에 술을 안 마시면 그건 풍류를 모르는 거여!"

"풍류 따지다가 속 다 버리겠어요."

"뭐 으뗘냐. 내가 뭐 죽을 때까지 먹는 것도 아니고. 나 그래도 적당하게 먹어."

"……"

하긴, 그건 또 그렇다.

황정만이 술을 좋아하긴 하지만 이 사람은 그냥 만취할 때까지 마시진 않는다. 정말 그때 리딩 자리 같은 때 빼고는 항상 적정선을 지키며 마셨다. 만취보다는 알딸딸하기 전의 기분 좋은 분위기를 즐기는 주도를 가졌다.

어제도, 오늘 아침도 마찬가지였다.

자고 일어나도 문제가 안 될 정도까지만 딱 마신다.

언제 날이 갤지 모르니 연기에 지장을 주거나, 지장을 줄 만한 실수를 하거나, 부상을 입을 가능성이 있는 정도로는 결코 마시지 않았다. 그걸 지영도 아니 저 말에 무슨 반박을 할 수가 없었다.

"자, 한잔혀."

지영이 가져온 컵에 꼴꼴꼴 소리를 내며 떨어지는 소주를 보고 있자니 어쩐지 한숨이 나왔다.

"자아, 짠은!"

째앵.

맑은 소리를 내고 난 뒤에 소주를 반 잔 정도 쪽! 들이켜는 황정만. 그러곤 크으! 오만상을 다 쓰면서 소주의 쓴맛을 즐겼다. 피식. 그 모습에 어찌 웃음이 아니 나올 수 있으랴. 지영도 결국엔 포기하고 잔을 입에 털었다.

그가 느꼈던 것과 같은 쓴맛이 혀끝부터 시작해 온몸으로 짜르르! 내달렸다.

"자, 아 혀."

그가 내준 부침개를 지영은 그냥 넙죽 받아먹었다. 이렇게 사람 챙기기 좋아하는 사람이다. 안 받아주면 100% 삐치고도 남았다.

"오……."

"어뗘. 죽이제?"

"네, 진짜 맛있네요."

"수민이 고거 그렇게 안 봤는데, 음식 솜씨가 아주 죽여. 허헛!"

피식.

당연한 말이다.

솔직히 지영도 웬만큼 요리를 할 줄은 안다.

하지만 임수민만큼은 절대로 못한다.

아마 그녀는 세상에 존재하는 거의 모든 음식을 재료만 주면 해줄 것이다. 역사 속으로 사라진 옛 음식 레시피도 그녀의 기억 창고 속에는 버젓이 존재하고 있을 것이다. 그걸 모르는 황정만이니 그저 놀라울 수밖에 없었다.

물론 지영이 감탄한 건 연기였다.

"촬영 계속 딜레이되는디, 너는 안 지겹냐?"

"저 이런 날씨 좋아해요."

"그러냐."

이후 쩝쩝거리면서 부침개를 먹는 그를 보면서, 지영은 잠시 고개를 갸웃했다.

'할 말이 있어 온 건가?'

간을 보는 것처럼 느껴졌다.

그래서 지영은 그냥 툭 던져봤다.

"무슨 일 있어요?"

"아니, 그냥. 뭔가 좀 분위기가 야리꾸리한 거 같기도 혀서."

물었다.

아니, 물어줬다.

"무슨 분위기요?"

"자꾸 쓰잘데기 없는 소문이 돌더라고. 우리 맵시가 그러는디, 누가 헛소문을 퍼뜨리는 거 같어야."

"흠… 혹시 그 소문에 제가 등장해요?"

"……."

피식.

역시 참 솔직한 사람이다.

아직 지영에게까지는 소문이 안 왔는데, 그 이유를 알 것 같았다. 지영은 올 때 가장 먼저 김지혜랑 왔다가, 김지혜는 볼일이 있어 나가는 배편에 다시 서울로 올라갔다. 짐이 꽤나 많고 해서 한정연과 이성은을 픽업도 해야 했다. 그래서 지금

지영은 매니저도, 맵시도, 메이크업도 없이 혼자만 있는 상태
였다.

그러다 보니 소문이 돌아도 지영에게 전해줄 '아군'이 없었
다.

임수민?

그녀가 고작 이런 일로 움직일까?

"그럼 제 상대는 서원이겠네요?"

"그렇더라고. 조용히 돌고 있는 것 같은디, 이미 여자 스태
프 사이에는 좌악 깔렸나 벼."

하여간 정말······.

조용히 넘어가는 법이 없었다.

지영은 이 일의 범인이 누구인지 알 것 같았다. 웃음 속에
칼을 숨긴 사람. 적당한 질투는 누구에게나 도움이 된다. 하
지만 뭐든 넘치면 모자란 것만 못하듯이, 질투도 마찬가지였
다. 적당하면 오히려 자신에게도 상대를 넘고 싶은 라이벌 의
지를 심어줘 공부든, 운동이든 도움이 된다.

그러나 과하면?

자기 자신을 파멸로 이끌고 간다.

아니면 상대를 파멸로 이끌거나.

그건 이미 역사가 완벽하게 증명하고 있었다.

"그냥 알아는 둬야 할 것 같아서 말해주는겨. 아직 출처는

누군지 모르겠고."

"네, 감사합니다. 나머진 제가 알아서 할게요."

"으잉?"

조금은 뜨악한 표정으로 황정만이 지영을 바라봤다. 잔에 술을 따르던 동작도 그대로 멈춰 버렸다.

"왜요?"

"직접 나서려 그러냐?"

"심해지기 전엔 나서야죠. 나야 괜찮지만 서원이는 이게 데뷔작인데 괜한 구설수 만들 순 없잖아요."

"허허……."

씨익.

지영은 놀라는 황정만에게 말을 더 이었다.

"그리고 저, 그렇게 착하기만 한 놈은 또 아니거든요."

"무서운 놈, 허헛."

그는 그러면서 잔을 들어 올렸다.

채앵.

아까보단 좀 더 날카로운 소리가 울려 퍼졌다. 지영의 손에 힘이 들어갔기 때문이었다. 이후에 소문에 대한 얘기는 나오지 않았다. 대신 어느 신은 어떻고, 또 어느 신은 어떻고. 완성된 대본에 대한 얘기를 나눴다.

소주 두 병으로 두 시간을 마시자 별로 취기가 올라오지도 않았다. 황정만은 더 마실까 하다가, 낮잠이나 자겠다며 잔과 접시를 챙겨 교실을 나갔다. 그가 나간 뒤에 자리를 정리한 지영은 창가에 걸터앉아 담배를 하나 꺼내 물었다.

쏴아…….

창문을 열자 바람이 지금이다! 하는 것처럼 달려들었다.

다행히 바람이 등지고 불어 빗방울이 튀지는 않았다.

촤아아……!

치익.

"후우……."

지영의 입에서 나간 연기가 나가다가, 다시 안으로 들어오다가 말고 뭔가에 잡힌 듯 다시 밖으로 끌려 나가 빗방울에 전멸해 버렸다.

소문?

어떤 소문인지 굳이 묻지 않은 건, 안 들어봐도 너무나 뻔한 내용일 게 분명했기 때문이다. 남자와 여자를 대상으로 소문이 퍼진다는 건 거의 90% 이상 썸이나, 그 이상을 다뤘을 게 분명했다.

흔한 말로 정분! 아마 지금은 딱 그 정도일 것이다.

아까 황정만과 그 이야기를 할 때도 생각했던 거지만, 범인이 누구일지도 예상이 갔다. 하지만 뭐든지 확실한 게 좋은 법…….

지영은 담배를 비벼 끄곤 전화를 꺼냈다.

뚜르르, 뚜르륵.

—네, 지영 씨.

두 번 정도 만에 받은 정순철.

"지금 어디 계세요?"

—저는 숙소에 있습니다. 무슨 일 있습니까?

"음… 혹시 스태프 사이에 사원분들이 계세요?"

—음… 근무지는 발설하면 안 됩니다만… 하하.

"아, 죄송합니다."

이들은 회사원이다.

지영을 근접에서 경호하기 위한 이들. 국가의 녹을 먹는 이들을 사사로운 일로 움직이려 했다. 지영은 정신이 번쩍 들었다. 은재가 완치되었다는 판정을 받은 날과 거의 흡사했던 탓이었다. 그래서 입술을 또 꾹 깨무는 순간 정순철의 목소리가 넘어왔다.

—아닙니다. 무슨 일인지 말해보세요. 크게 상관없는 일이라면 제가 도와드리겠습니다.

"…아닙니다. 죄송합니다."

순간적으로 튀어 오른, 폭군의 수작에 걸려 또 이상한 짓을 할 뻔했다. 지영은 연거푸 괜찮다며 말해보라는 정순철과 회사원들에게 미안한 마음이 들었다. 그래서 정중히 다시 사과

하고 전화를 끊었다.

전화를 끊고 나자 짜증이 또 확 올라왔다.

좋았던 감정이 사라지자, 그 자리를 대신하는 건 당연히 분노였다. 하지만 지영은 이번엔 삭혔다.

아주 빠르게 분노를 잡아 바닥에 패대기친 다음, 감정의 한쪽 구석으로 처박아 버렸다. 그러자 답답함이 가셨다.

비는 그런 지영을 위로할 작정인지, 더욱더 기세를 높여 빗방울을 떨어뜨렸다. 이러다 진짜 무슨 일이 벌어지는 건 아닌가 싶을 정도로 엄청난 비였다. 그런 비를 보며 지영은 생각해봤다.

'왜 그럴까……. 그녀 덕분에 자신도 캐스팅된 건데.'

그녀, 김주희의 연기 실력은 사실 괜찮다, 무난하다 싶은 정도였다. 예쁘장한 외모이긴 하지만 미안하게도 대한민국의 수도 서울에만 가도 그 정도 미모는 널리고 널렸다. 여배우에게 외모는 굉장한 플러스 요인이긴 하지만, 연기력 없이는 이제 장수하기 힘든 시대가 됐다.

외모, 연기력.

둘을 놓고 뭐가 더 중요하냐고 길을 가는 행인을 물어봐도 열에 여덟에서 아홉은 이제 연기력이라고 대답한다.

그런 시대인데…….

"대체 뭘 믿고?"

피식.

기가 차서 웃음밖에 안 나왔다.

물론 그녀가 아닐 수도 있다.

하지만 며칠 전에 봤던, 그 질투 어린 표정이 가시지를 않았다. 지영은 이 문제가 결코 오래 가게 두고 싶지 않았다.

이런 찝찝함을 남겨두고 촬영에 임한다?

그런 꼴은 절대로 못 본다.

욕을 처먹는 한이 있더라도……

"자르고 말지."

이런 지영의 마음은… 드르륵! 문이 열리며 비를 쫄딱 맞은 채 등장한 정순철을 보며 훨씬 더 견고해졌다.

쏴아…….

쏟아지는 폭풍우를 뚫고 기어이 온 정순철을 보며 지영은 한숨을 내쉬었다.

"쉬고 계시지."

"하하, 지영 씨가 먼저 그런 말을 꺼내니 궁금해서 참을 수가 있어야지요."

지영이 준 수건으로 머리를 턴 그는 이어서 우비를 벗어 복도에 걸어놓았다. 그래도 안쪽은 거의 젖지 않아 미안함이 조금은 가셨다.

"차 드릴까요?"

"네, 뜨끈하게 한 잔 부탁합니다."

올 때 은재가 준비해 준 원두로 커피를 내려 가져다주자 그는 용케도 항상 지영이 앉아 있는 책상의 앞에 앉아 있었다.

'용케는 아니겠네.'

지영의 행동, 신변 자체 때문에 모인 이들이니 뭘 하고 있는지 정도는 항상 파악하고 있을 것이다. 어떻게 보면 불쾌할 수도 있지만, 지영은 절대 그렇게 생각하지 않았다. 이들의 존재 자체가 그래도 테러에 대한 억제력으로 작용하기 때문이었다.

"여기요. 따뜻할 때 드세요."

"어이쿠, 감사합니다. 하하."

넉살 좋게 웃은 그는 커피를 음미했다. 그리고 그가 반쯤 마시고 나서 바라보자 지영은 후우, 한숨을 내쉬고는 있었던 일을 얘기했다. 굳이 듣겠다고 이 폭풍우를 뚫고 온 사람이다. 얘기를 하지 않는 것 자체가 지금은 실례가 되는 상황이었다.

"음……."

얘기를 다 들은 그가 나지막한 신음을 흘렸다.

눈빛을 보니 뭔가 알고 있는 것 같았지만 지영은 일단 기다렸다. 그가 자신이 알고 있는 무언가를 얘기해 줄지 말지, 그건 온전히 그의 판단에 따라야 한다고 생각했기 때문이다. 그리고 다행히 잠시 뒤, 그는 시원시원하게 얘기를 시작했다.

"안 그래도 스태프로 들어간 사원들에게 요 며칠 보고를 받은 게 있습니다."

"저에 대한 소문이죠?"

"네, 맞습니다. 음… 추문이라고 해야겠네요. 그런 얘기들이 알음알음 퍼졌다고 하더군요."

어차피 이 부분이야 황정만이 얘기를 해주고 갔으니 그다지 새로울 것도 없다. 지영이 듣고 싶은 건 출처다. 그 추문이 최초 나온 출처. 정순철도 그걸 아는지 씨익 웃고는 곧바로 지영에게 원하는 답을 건네줬다.

"서원 양의 친구 김주희 양입니다."

"하아……."

역시 예상은 빗나가지 않았다.

그래서 오히려 한숨이 나왔다.

한숨의 이유는 몇 가지 있지만, 가장 큰 이유는 그녀의 멍청함 때문이었다. 도대체 그런 소문을 흘려놓고, 안 걸릴 거라고 생각한 건가? 대체 왜? 얼마나 어리석으면 이 폐쇄적인 집단에서 질투에 눈이 멀어 그런 말도 안 되는 소문을 흘린 걸까?

그것도 본인의 데뷔작을 앞두고 말이다.

하지만 지영은 질투라는 게 얼마나 위험천만한 놈인지 아니까, 이해했다.

"쯔, 정도껏 멍청해야지……."

하지만 그렇다고 그녀를 용서하고픈 마음은 없었다.

"소문의 출처를 듣고 어제 좀 알아봤습니다."

"벌써요?"

정순철은 씩 웃었다.

"지영 씨는 우리 대한민국의 소중한 국보니까요."

"……."

사람을 뜬금없이 문화제, 보물 취급해 버렸지만 지영은 그
냥 넘어갔다. 그런 마인드가 정순철이 지영의 근접 경호 업무
를 기꺼워하며 받아들인 이유임을 알기 때문이었다.

"초등학교는 아직 안 왔고, 중학교 때부터 질투가 상당했습
니다. 항상 반에서 이등, 삼등만 했고, 그때마다 교묘하게 학
우들과 함께 일, 이등을 따돌렸습니다. 그리고 반대로 자신은
얌전한 척, 말 잘 듣는 척해서 선생들의 사랑을 독차지했습니
다."

"……."

전형적이다.

이런 사람?

지영은 수도 없이 많이 만나봐서 그리 신기하지도 않았다.
다만, 이번만큼은 왜 이리 급하게, 왜 이리 멍청하게 폐쇄적인
집단에서 움직였나 하는 거였다.

"고등학교 때는 더욱 용의주도해졌고, 대학교 때는 얌전하나 싶었는데, 딱 서원 양을 만난 겁니다."

"아아……."

산 넘어 산이라고.

연영과에 들어왔더니 웬걸……?

천재 서원이 떡하니 있네?

그때부터 시작이었을 것이다.

'그럼 발단은?'

발단은 언제였을까?

"아마 이곳에 와서 모든 주목이 서원 양에게 집중되니, 질투가 터진 것 같습니다. 술자리와 식사하는 틈을 이용해 알음알음 퍼뜨린 것 같은데… 하하, 하필 저희 사원에게 그런 얘기를 하는 바람에 딱 걸렸습니다."

못 참은 거다.

처음 봤을 때도 모든 주목은 서원이 받았다.

대본 리딩 때도 마찬가지였다. 지영을 포함한 황정만, 임수민, 그리고 이민정 감독까지 모든 이목과 칭찬이 그녀에게 집중됐다.

'조바심을 느꼈겠지. 이러다 진짜 영화가 시작되면… 완벽하게 묻힌다는 것을.'

공부야 1등도 대단하지만, 2등도 사실 웬만해서는 큰 차이가 안 난다. 문제 몇 개 맞고 틀리는 차이일 것이다.

하지만 연기는⋯⋯?

완전히 다르다.

연기에 1등과 2의 차이는 상황에 따라서 갭이 엄청나게 난다. 그런데 하필이면 선두 주자가 서원이다.

지영조차 인정한 괴물급 신인이다.

환생자가 인정한 천재가 앞에 있는 상황이니 김주희의 질투가 폭발해 버렸다. 이건 예견되어 있던 상황이었다.

"고맙습니다. 솔직히 이 정도까지 해주실 줄은 몰랐는데."

"이게 제 일입니다, 하하."

시원하게 웃는 정순철을 보며 지영은 그냥 웃을 수밖에 없었다. 고맙고, 미안하기도 했다.

"담배 하나 피워도 됩니까?"

"물론이죠. 저도 아까 피웠는걸요."

"하하, 감사합니다. 커피만 마시면 이상하게 담배가 당깁니다, 하하!"

드르륵!

창문을 여니 다시 '쏴아⋯⋯!' 하고 세상을 두들기는 빗소리가 시원시원하게 교실 안으로 들어왔다.

"하아⋯ 비가 엄청납니다. 이렇게 쏟아지는 비는 진짜 오랜만에 봅니다."

"저도 그러네요."

영향권 안에 들어간 게 이 정도인데, 일본은? 하는 뜬금없는 생각이 들었지만 지영은 바로 그 생각을 날려 버렸다. 인터넷 세계는 이런 말이 떠돈다. 세상에서 가장 쓸데없는 걱정이 연예인 걱정과 일본 걱정이라고.

물론 지영은 후자에는 동의하진 않지만, 그렇다고 반대하지도 않는 입장이었다. 그냥 관심이 없을 뿐이었다.

흘끔 정순철을 보니 그는 상당히 감정에 젖은 모습이었다. 언제나 넉살 좋던 그가 저런 표정을 지으니 지영은 순간 의아했지만 곧 이유를 깨달았다.

먼저 간 사원들.

별이 된 사원들.

국가를 위해 같이 '일했던' 동료들을 생각하는 게 분명했다. 눈빛을 보자 지영은 그걸 바로 알 수 있었다. 왜? 지영도 수많은 생 속에서, 수없이 지어본 눈빛이기 때문이었고, 봐왔던 눈빛이기 때문이었다.

그는 곧 눈빛을 수습했다.

아마도 지영이 보고 있다는 걸 의식한 것 같았다.

"그럼 저는 이만 가보겠습니다."

꽁초를 챙긴 그의 말에 지영은 고개를 끄덕이곤 도와줘서 고맙다는 인사를 다시 한번 전했다. 그러자 정순철은 말없이 씩 웃고는 우비를 챙겨 교실을 떠났다. 그가 떠나고 지영은 다시 생각에 잠겼다.

"자, 그럼… 이 어리석은 여자를 어떻게 해야 하나……?"

사실 결과는 정해졌다.

하지만 결과까지 가는 방법에 대한 고민이었다.

이민정을 불러 다이렉트로 이 일을 털어놓고 잘라 버릴까 하는 생각이 처음으로 들었다. 그런데 그게 나쁜 생각은 아닌 것 같았다. 아니, 가장 확실한 방법이었다. 지영은 바로 이민정에게 메시지를 넣었다.

그러자 바로 전화가 왔다.

"네, 강지영입니다."

―지금 어디예요?

"교실요."

―바로 갈게요.

뚝.

하여간 화끈화끈한 성미다.

10분도 안 되어 이민정은 임수민과 함께 나타났다.

"누나, 부침개 맛있게 먹었어요."

"그래? 아아, 정만 오빠 왔다 갔구나?"

"네, 맛있던데요?"

"후후, 이 누나가 또 한 요리하지. 지원이랑은 다르게, 후후."

"하하하."

송지원이 들었으면 대번에 발끈했을 말이었다.

둘이 적당히 자리를 잡고 앉고, 지영은 또 커피를 타야 했다. 커피를 내려놓기 무섭게 이민정이 본론을 꺼냈다.

"지영 씨도 소문 들었죠?"

표정과 말투를 보아하니 이미 그녀도 조사를 끝낸 모양이었다.

"네, 아까 정만 형님한테 들었어요."

"누군지 알아요?"

"네."

"어, 알아요?"

"네, 압니다."

왜지?

지영이 안다고 하자 되레 이민정이 놀랐다.

눈을 끔뻑이는 이민정을 지영은 고개를 갸웃하며 봤다.

"아니… 당연히 모를 거라고 생각했어요. 뭐, 안다니 얘기가 빠르겠네요. 어쩌고 싶어요?"

"감독님이 결정해야 하는 거 아닌가요?"

"훗, 그게 됐으면 벌써 쳐냈죠. 전 이런 저급한 수작질 진짜 싫어하거든요. 내가 뼈저리게 당해봐서."

"……"

이민정의 얼굴에 진한 짜증이 어렸다.

그래, 이민정 정도의 외모, 몸매면 진짜 실증이 날 만큼 당해봤을 것이다. 아무리 친구 사이라도 외모, 재능, 능력에 대한 질투는 상상을 초월하는 법이니 말이다.

"지영 씨 생각은 어때요? 수민 언니 생각도. 주희, 걔 그래도 언니 제자잖아."

감정을 갈무리하며 나온 질문에 지영은 생각하고 있던 바를 얘기했다.

"저는 그런 불안 요소를 안고 촬영에 임하고 싶은 생각은 없습니다."

"그럴 것 같았어요."

지영은 그걸로 답을 확실하게 했다.

"그런 속 좁은 아이까지 제자라고 생각할 정도로 언니 마음이 넓어 보이니?"

"그건 아니지. 그럼 결정 났네. 서원 씨한테는 언니가 얘기해 줘. 주희는 내가 불러다가 얘기할 테니까. 지영 씨는… 쉬어요, 지금처럼. 내일모레쯤 비 그친다니까 컨디션 유지해 주세요."

지영은 말없이 고개를 끄덕였다.

자신이 나서면 괜히 날선 말투가 나가게 될 것이다. 아니, 그 정도에서 끝나면 다행이다. 날이 서다 못해, 아예 멘탈을

탈탈 털고, 찢고도 남을 정도로 독설을 퍼부을 생각이 있었던 차였다. 그러니 어차피 좋게 끝나는 게 좋다면, 아예 나서지 않는 게 좋다.

"주희는 너무 걱정 마요. 좋게 잘 타이를 테니까. 그래도 아직 애니까 기회는 한번 줘보자고요."

그 기회라는 게 아마 이번 일을 어딘가에 얘기하지 않겠다는 것으로 보였다. 그 정도야 지영도 오케이였다. 어차피 이제 김주희랑 엮일 일은 없을 테니 말이다. 만약 이상한 소문이 밖에서도 돌면?

그땐 법의 무서움을 깨닫게 될 것이다.

그리고 법이 나서는 순간, 김주희는 영화판에 발을 들일 생각은 아예 접는 게 나을 것이다.

"그럼 정리된 걸로 알고, 언니, 부탁할게."

"응."

"지영 씨, 그럼 쉬세요."

드르륵!

의자가 밀리며 내는 소리가 짧은 대화의 종료를 알렸고, 뒤도 안 돌아보고 두 사람이 사라지자 교실은 다시금 고요함이 찾아왔다.

지영은 다시 창가에 앉았다.

비는 여전했다.

폭풍우.

이건 뭐, 도저히 그칠 기미가 보이질 않았다.

그래도 오늘 하루 간 있었던 복잡한 것들이 정리가 되고, 저 규칙적인 사운드를 듣자 심신의 안정이 찾아왔다. 지영은 그래도 이민정이 단호한 성격이라 다행이라 생각했다. 질질 끄는 성격이었으면?

어휴.

생각만 해도 골치가 아팠다.

지잉. 지잉.

그만 생각하라는 것처럼 전화가 울었다.

발신인을 확인한 지영은 바로 전화를 받았다.

―나야!

"응, 너야."

―호호호, 거기 아직도 비 많이 와?

"어, 아주 그냥 콸콸 쏟아진다."

―헐… 교실에서 쉰다고 했지? 어때? 춥진 않고?

"온풍기 두 대 계속 돌리고 있어서 덥다, 더워."

―흐흐, 그건 다행이다. 내 남자 추위에 오들오들 떨고 있는 건 아닌가 걱정했는데, 흐흐.

피식.

은재의 목소리를 듣자 그냥 실없는 웃음이 저도 모르게 흘러나왔다. 은재의 매력은 이 부분에서 특히 강세를 보였다. 그렇게 한참을 통화하다가 끊고 다시 창밖을 보니 밖은 여전했다. 해가 지고, 그 다음 날이 되었음에도 비는 세상을 물로 잠식할 것처럼 오더니 이틀 뒤, 거짓말처럼 그쳤다.

일주일 만에 섬은 다시 빛을 찾았다.

Chapter68
크랭크인

또각또각.

구두의 굽 소리에 아이들이 멈칫했다.

드르륵.

문이 열리는 소리에 와자지껄하던 아이들이 일시에 입을 다물고 각자의 자리로 돌아갔다.

"차렷! 경례!"

"샘 안녕하세요!"

반장의 인사에 아이들이 합창하듯 들어온 담임 정윤진은 싱긋 웃었다.

"안녕? 잘들 잤어?"

"네에!"

꾀꼬리 같은 합창.

섬 마을 특유의 순수함이 가득한 맑은 대답이었다.

"저번 주에 비가 많이 왔는데 집에는 별일 없죠?"

"이잉!"

"천장에 구멍 났어요!"

"아버지 배에 물 차서 그거 퍼내느라 죽는 줄 알았어요!"

"샘요! 아부지 차가 고마 물에 떠내려갔다 안 해요!"

정윤진은 그런 대답에 웃음이 나왔다. 섬에 있는 광산 때문에 서울에서 이사 온 아이들이 많았다. 근데 몇 년 지났더니 섬 마을 아이들이 서울말을, 서울 아이들이 섬 사투리를 쓰는 기현상이 얼어났다.

서로가 가진 동경 때문이었다.

하지만 그래서 아이들이 더욱 귀여웠다.

정윤진은 출석부를 펼쳐 늘 하는 거지만, 절대 빼먹을 수 없는 교사만의 임무를 시작했다.

"강은아."

"네."

맨 앞자리에 앉아 있던 단발머리 귀여운 여학생이 외모와는 다르게 차분한 목소리로 대답했다. 힐끔. 정윤진은 이 아이가 좀 더 웃으면 예쁠 텐데… 그런 생각을 하면서 다음 학생을 불렀다.

그렇게 한참을 부르다가 항상 자신의 이목을 잡아 끄는 아이의 이름이 나왔다.

"정수호."

"네."

창가에 앉아 있던 아이가 대답을 했다.

이상한 아이.

한 달 전에 전학을 온 아이였다.

그날도 며칠 전처럼 폭풍우가 몰아치던 날이었는데, 이 아이는 그럼에도 학교에 나왔다. 당시 자신 앞에 선 아이의 얼굴에 병색이 완연해 얼마나 깜짝 놀랐는지 모른다. 파리하게 죽은 입술에, 당장에라도 쓰러질 것처럼 아이는 아파 보였다. 그래서 병원이나 집으로 얼른 보내려고 했는데 아이, 정수호는 절대로 집에 가지 않겠다고 버텼다.

수업을 받겠다며, 아파 보이는 것과는 별개로 눈을 새파랗게 빛내고 있었다. 그런 수호의 기백에 밀려 결국 정윤진은 수호와 함께 교실로 가서 소개를 했고, 흠뻑 젖은 상태로 수호는 수업을 받았다.

그렇게 한 달이 지났고, 그 기간 동안 수호와 면담도 몇 번 해봤지만 정윤진이 아이에 대해 크게 알아낸 것은 없었다. 그저 많이 아팠고, 아버지가 운영한다는 광산이 이곳에 있어 공기 좋은 곳으로 왔다는 것 정도? 딱 그 정도였다.

수호는 평범하지만, 비범했다.

일단 수업 태도가 좋은 건 평범한 축에 속하고, 어떤 수업에도 특출 난 이해력을 선보였다.

'그중 과학, 수학 쪽은 발군이지.'

테스트를 아직 안 해봤지만 정윤진은 수호의 공부 실력이면 인서울 상위권 대학은 문제없이 들어갈 거라고 봤다. 그런 아이가 자신의 반으로 전학을 왔으니, 정윤진은 괜스레 기분이 좋아졌다.

출석을 다 부른 정윤진은 아이들에게 수업 열심히 받으란 말을 전하고 나가려다가 급히 교탁으로 돌아왔다.

전달 사항이 있기 때문이다.

"참, 오늘 오후 배에 전학생이 한 명 더 오기로 했어요."

"어! 진짜요? 남자예요, 여자예요?"

"예쁘장한 여학생?"

우와!

우우!

남녀의 확 갈리는 반응을 보고 정윤진은 씩 웃고는 밖으로 나갔다. 나가면서 그녀는 오늘 전학 온다던 학생의 생활 기록표에 붙어 있던 예쁘장한 외모가 생각났다. 한바탕 난리가 날

만한 외모. 전형적인 한국 미인상을 가진 아이의 이름은 소희, 심소희였다.

'이름도 참 예뻐.'

그 아이 때문에 또 반에 새로운 활기가 불어올 게 벌써부터 짐작이 됐다.

아차차.

'수업 가야지!'

옆 반에서 나오는 남자 선생님과 고개를 숙여 인사한 정윤진은 2반으로 들어갔다.

"차렷! 경례!"

"샘! 안녕하세요!"

이 아이들, 참 착하다.

"자, 수업 시작할게요."

정윤진은 그렇게 아이들의 소란을 잠재우고 준비해 온 교과서를 올렸다.

국어.

정윤진은 국어 선생님이었다.

         *   *   *

"컷!"

이민정 감독의 컷 사인에 임수민이 연기를 풀자, 지영도 바로 연기를 풀었다. 한 번의 NG도 없이 임수민의 자신의 첫 번째 신을 소화했다. 물론 지영도 마찬가지였다. 이민정은 묘한 눈으로 지영을 바라보고 있었다.

"요상하단 말이지……. 확실히 학생 같은데, 학생 같지가 않아. 이런 분위기가 나올 수도 있구나."

피식.

"쟤가 괜히 천재 소리는 듣는 게 아니란다. 나는 어땠어?"

"언니도 굿. 일단 확인부터 해보자."

두 사람의 뒤로 슬그머니 가서 영상을 확인해 보는 지영. 신에 문제는 없어 보였다. 일단 집중되는 사람이 임수민이었기에 지영은 그리 많이 나오지도 않았다. 하지만 원했던 이미지는 전부 연기에 실려 있었다.

"좋아, 좋아. 이렇게만 하면 섬에서 금방 나가겠는데? 후후."

이민정은 득의만만하게 웃고는 다음 신 준비에 들어갔다.

이번엔 지영의 신이라 준비가 필요했다.

이민정이 급히 섭외한, 본래는 김주희가 맡았을 배역인 심소희의 친구 역을 소화해 줄 이수진이 대본에 집중하고 있었다. 이번에 신을 맞출 사이라 지영은 그녀에게 곧장 다가갔다. 그러곤 가만히 일단 기다렸다.

대본에 집중하고 있는 배우를 부르는 건 예의에 어긋난다고 스스로 생각하기 때문이었다. 잠시 뒤에 그녀가 집중에서 깨어나 지영을 바라봤다.

"어, 안녕하세요!"

"네, 안녕하세요. 대본은 다 외웠어요?"

"네!"

이수진, 그녀는 실제 여고생이었다.

유민아처럼 아역부터 시작한 배우는 아니고, 중학교 때 길거리 캐스팅으로 어느 잡지사 모델로 데뷔했고, 고등학교 때부터 연기에 발을 들인 이제 2년 차 배우였다. 그녀를 섭외한다고 했을 때 당연히 지영은 이수진의 연기를 찾아봤다.

제법 나쁘지 않았다.

일단 태생적으로 까무잡잡한 피부가 인상적이었다.

연기는 특별하게 잘한다고 말은 못 하지만, 그렇다고 '아, 이 사람은 연기는 안 되겠구나…' 하는 정도도 아니었다.

게다가 이제 몇 작품 안 했으니 아직 어색한 것도 있을 것이다. 그럼에도 지영이 이수진 캐스팅에 동의한 건 열정 때문이었다. 김주희, 그 어리석은 여자와는 질적으로 다른 배우였다. 배우려고 하는 의지가 엄청나고, 매 작품마다 혼나면서도 끝까지 최선을 다한다고 이민정이 단호하게, 아주 단호하게 호언장담을 했다.

그걸 믿었다.

그리고 지금 이 모습을 보자 그 호언장담이 맞는 것 같았다.

자신을 초롱초롱한 눈빛으로 바라보는 이수진에게서 지영은 배움의 의지를 확실하게 느끼고 있었다.

"한번 맞춰볼까요?"

"네!"

후……! 후우…….

크게 심호흡을 한 이수진의 눈빛이 변했다 싶을 때 지영에게 첫 번째 대사가 날아왔다.

"수호야, 밥 먹었……! 꺄!"

삐익……! 사리가 크게 나는 바람에 주변 사람들이 일시에 멈추고 그녀를 빤히 바라봤다. 그러곤 '풉!' 웃음을 터뜨렸다. 놀리려는 의도는 아니고 이수진의 모습이 귀여워서였다. 볼이 빨개지는 이수진을 보며 지영도 잠시간 웃고는 어깨를 툭툭 두드렸다.

"힘 빼고. 너무 긴장했어요."

"네……. 저, 근데 선배님."

"네?"

"그… 편하게 대해주시면 안 돼요? 존댓말 하다가 반말하려니까 그게 좀 어색해서……."

피식.

이수진의 연기 경력을 생각하면 충분히 그럴 수 있었다. 지영은 고개를 끄덕이곤 그 말을 받아줬다. 연기를 위해서라면 이 정도야 못 할 것도 없었다. 그리고 실제로 지영이 오빠고, 선배였으니 말이다.

"그래, 편하게 대할게. 대신 너도 오빠라고만 불러주고. 오케이?"

"네!"

밝은 대답에 지영은 고개를 끄덕이곤 다시 준비하란 신호를 눈빛으로 보냈다.

후, 후우…….

"수호야, 밥 먹었어?"

무난하게 첫 번째 대사가 들어오고,

"아니, 속이 안 좋아서. 넌?"

비슷한 정도로 대사를 받아 돌려줬다.

"나야 먹었지. 오늘 오징어 볶음 진짜 맛있었는데. 아쉽겠다."

"진짜? 아… 나도 좋아하는데. 다음에 먹지, 뭐."

"그래, 맞다. 오 교시 체육이야. 오늘도 쉬지?"

"응, 아무래도?"

"알았어. 체육 샘한테는 내가 잘 말할게."

"부탁할게."

"응!"

까무잡잡한 피부 때문인지 웃을 때 보이는 새하얀 치열이 굉장히 인상적이었다. 일단 합은 여기서 끝. 대사가 여기까지였다.

"잘하는데?"

"고, 고맙습니다!"

꾸벅!

지영의 칭찬에 감격한 눈빛을 보인 이수진이 허리가 부러지도록 숙여 인사를 했다. 워워, 멀리서 이민정이 저러다 허리 부러지겠네, 하고 들으라고 중얼거린 소리가 지영의 귀까지 넘어왔다.

다시 허리를 세운 이수진은 지영을 여전히 똘망똘망한 눈빛으로 바라봤다. 그리고 그 눈빛엔 뭔가 고쳐야 할 점을 말해달라는 생각이 수줍게 숨어 있었다. 지영은 그걸 외면하지 않았다. 연기를 위해서라면 못 해줄 것도 없었기 때문이다.

"힘만 빼면 되겠다. 어깨에 너무 힘이 들어가니까 호흡이 빨라지고, 대사에도 힘이 들어가. 이따 신 들어가면 최대한 릴렉스해. 축 늘어지는 정도까진 아니고, 그냥 '평상시'를 마인드 컨트롤로 붙잡아봐."

"네!"

"대사 연결에 흐름은 내가 잡아줄 테니까, 그 점은 걱정 말고."

"네!"

말 잘 듣는 여동생 같았다.

지연이가 크면 이렇게 될까? 하는 생각이 들었다. 요즘 들어 운동에도 맛을 들여서 매일 유도부 연습에 나간다는 소리를 들었다. 벌써부터 에이스라나, 뭐라나. 하긴, 지영 본인의 운동신경을 생각하면 지연이도 충분히 재능이 있을 것이다. 센스라는 건 타고나는 거고, 그 센스 없이 노력으로는 절대로 수준급의 선수가 될 수는 없다고 보는 지영이었다.

어쨌든, 지연이가 크면 딱 이수진처럼 될 것 같았다.

운동부 소녀 같은 이미지에 쾌활하고, 싹싹해서 반장에 딱 잘 어울리는 아이.

"지영아!"

멀리서 한정연이 부르는 소리가 들렸다.

"긴장하지 말고. 알았지?"

"네!"

다시 한번 격려를 해주곤 지영은 한정연에게 갔다. 우르르! 이성은이 얼른 붙어 지영의 메이크업을 수정했다. 눈을 감고 지영이 받는 메이크업의 특징은 '아픔'이다.

심장이식 수술을 받아 죽을 고비는 넘겼지만 그동안의 투병 때문에 체력이 극단적으로 떨어진 병약한 남학생, 수호.

이게 정수호의 캐릭터 설정이다.

지영은 처음부터 이 설정이 마음에 들었다.

'테러리스트'와는 전혀 다른, 강렬하지 않은 캐릭터.

모성애를 콱 틀어쥐어 버릴 캐릭터도 꼭 한 번은 해보고 싶었다. 그리고 결정적으로 언젠가 서소정과 나눈 대화에 이런 캐릭터에 대한 얘기도 있었다. 그녀는 지영이 항상 강렬한 캐릭터만 고르는 걸 조금은 걱정하고 있었다.

워낙에 잘 소화하는 지영이니 안 어울린단 말은 아니지만, 그와 반대되는 캐릭터를 연기함으로써 연기의 폭을 넓혀 좀 더 다양한 캐릭터를 대중에게 보여주는 게 좋을 것 같단 말도 같이했었다.

'어쩌면 유언이지……'

그래서 지영은 이 캐릭터가 정말 하고 싶었다.

게다가 정수호 캐릭터는 이게 전부가 아니었다.

이게 전부였다면 전쟁 같은 감정의 소용돌이를 지영이 느끼지도 않았을 것이다.

"다 됐다. 어때?"

눈을 뜬 지영은 거울을 들여다봤다.

파리한 안색.

창백한 입술.

정수호 캐릭이 가진 상징적인 두 가지.

메이크업은 완벽했다.

그리고 지영의 눈빛도 완벽했다.

─이제는 더 이상 아프고 싶지 않아요······.

'······.'

긴 세월을 병마에 고통받았던 안나(Anna)가 불쑥 튀어나왔다.

Chapter69
두 명의 전학생

안나는 지영이 가진 몇 안 되는 여성의 삶 중, 가장 병약한 몸을 가지고 태어났던 삶의 주인이었다.

　임은이가 그랬고, 프랑스에서 태어났던 때도 그랬고, 아프리카에서, 잉글랜드에서 태어났던 삶도 그랬지만 이상하게 유독 여성으로 태어났던 삶은 아팠다.

　임은이는 말할 것도 없었고, 프랑스에서도 그랬다. 불의에 대응하기 위해 민중을 이끌었다. 결과는 마녀로 몰려 재판 끝에 처형당했다. 아프리카에서는 도망쳤지만 초원의 맹수를 이기지 못했다.

언제가 한번 보였던 잉글랜드에서도 마찬가지였다.

집을 뛰쳐나갔지만 그 험난한 시대 속에서, 아무리 지영이 환생자였다고 했어도 살아남긴 부족했었다.

안나도 마찬가지였다.

숨이 멎은 채 태어났다.

겨우 목숨을 살리긴 했지만 그 여파로 안나는 굉장히 병약했다. 서 있는 시간보다는 앉아 있는 시간이, 앉아 있는 시간보다는 누워 있는 시간이 훨씬 많을 정도였다. 고기? 먹었다하면 체했다.

약?

그 시절에 무슨 좋은 약이 있었겠나.

민간에 전승되는 약들 중에 당시의 안나, 즉 지영이 아는 것들로만 먹어 겨우 삶을 연장했었다. 따사로운 햇살이 아니면 밖으로 나가지도 못했다. 하지만 안나가 살던 지방은 혹독한 곳이었다.

따사로운 햇살보다는 눈보라가 몰아치는 날이 많을 정도였다. 다행인 건 안나의 집이 그나마 잘살았다는 것. 하지만 딱 그 정도였다. 결국 안나는 끝까지 아프고, 아파하다가 눈을 감았다.

혹한이 몰아치던 밤이었다.

그런 안나가 툭 튀어나왔다.

'이젠 뭐……'

지영은 이번 영화에서도 서랍을 열 생각이 없었다.

왜?

폭군 이건의 영향 때문이었다. 그 미친놈이 자기 의지를 가지고 지랄만 떨지 않았어도 옛날처럼 기억 서랍을 열어서 보다 완벽한 연기를 했을 것이다. 도움을 받는 것과 안 받는 것의 차이가 큰 걸 지영은 확실히 잘 안다.

하지만 임수민과 둘이 합의를 봤다.

이번 작품, 기억 서랍과 기억 창고에 의지하지 말자고. 어떤 일이 벌어질지 몰라서 내린 결정이었다.

'그랬는데……'

안나가 툭 튀어나왔다.

솔직히 누가 나와도 나올 거란 예상은 하긴 했었다.

기억이 독립 의지를 가지게 됐다는 걸 알았을 때부터 사실 이미 예견되어 있던 일이었다. 그래서 지영은 그리 놀라지 않았다.

'하지만 하필……'

여성으로 살았던 삶의 기억이라니.

안나로서 살았을 땐 지극히 여성적이었다. 왜? 그냥 뭘 시도하고 싶은 생각 자체를 못 할 정도로 아팠기 때문이었다.

―이번 생의 나는 건강하군요.

'그래, 너로 살 때와는 다르게 말이지.'

─부러워요. 하지만 나빠요. 그렇게 아팠으면서 아픈 모습을 굳이 '연기'하다니……

안나의 감정에는 분명하게 서운함이 들어 있었다. 원망이나 이런 감정은 아니라서 다행이지만 지영은 참 인생 고달파지겠단 생각이 들었다. 상황마다 이렇게 툭툭 튀어나오면……? 앞서 말했던 것처럼 참 인생이 고달파진다.

하지만 그래도 다행인 건, 안나는 순했다.

시골 처자처럼 그렇게 순할 수밖에 없는 삶을 살았다.

'날 방해할 건가?'

─그럴 이유가… 있나요. 그대는 그대. 나는 나. 그대와 나는 같은 영혼이지만 다른 사람이죠. 전 그저… 지켜볼 뿐이에요.

'다행이군.'

안나는 역시 이 일에 참여하기보단, 방관하는 걸 원하는 것 같았다. 하긴, 그렇게 아프고 무기력한 삶을 살았으니 그녀가 내릴 수 있는 선택이야 정해져 있었다. 이후 그녀는 더 이상 말을 걸지 않았다.

하지만 지영은 알 수 있었다.

서랍은 닫히지 않았다.

고로, 아직 나와서 보고 있다는 뜻이었다. 하지만 이렇게 얌전히 있으면 문제될 건 없었다. 잠시 뒤에 이민정이 지영과 이수진을 불러 신을 설명했다. 지영이야 알고 있던 부분이지만 다시 한번 들어서 나쁠 건 없다 생각했고, 이수진은 그야말로 학구열에 불이 붙은 학생처럼 이민정의 설명에 집중했다.

이민정의 설명이 끝나고 지영이 자리에 가서 앉자, 이수진이 교실 문에 대기했다. 보조 출연자들이 이민정의 지시에 따라 제자리에 가서 위치를 끝내자 항상 이 순간에 찾아오던 정적이 교실을 서서히 장악해 갔다. 스태프들의 숨소리마저 완벽하게 멎은 순간, 액션 사인이 떨어졌다.

"액션!"

사인과 동시에 시작되는 소란. 왁자지껄한 소음을 가로질러 이수진이 다가왔다.

"수호야, 밥 먹었어?"

지영의 말을 귀담아들었는지 힘을 뺀 상태에서 들어온 이수진의 대사를 시작으로 연기기 시작됐고, 연기가 끝났을 때 이수진은 모두의 박수를 받았다. 신인 연기자의 발전에 보내는 박수였다. 그리고 그 박수에 환하게 웃는 이수진. 촬영장은 더할 나위 없이 분위기가 좋았다.

*　　　　*　　　　*

이수진은 훌륭했다.

첫 번째 신도 괜찮았지만 더 잘 나올 수 있다는 이민정의 생각에 몇 번을 더 재촬영을 했고, 할 때마다 발전하는 모습을 보여 보는 사람들을 흡족하게 했다. 지영도 기꺼웠다. 신이 제법 많은지라 이수진의 발전은 영화 자체에 지대한 영향을 미칠 게 분명했기 때문이다. 사실 이 부분은 지영을 포함한 주연배우들과 이민정까지 걱정했던 부분이었다. 서원의 연기력이야 검증이 됐지만 다른 조연 배우들은 이야기가 진행되는 장소의 특징이 강해서 어린 배우들밖에 쓸 수가 없었다. 이런 나이 제한은 결국 연기력의 질을 떨어뜨린다.

대배우 소리 듣는 황정만에 임수민, 그리고 지영이 주연이니 이 셋의 연기력은 말할 것도 없이 최고 수준을 보여줄 것이다. 서원 또한 마찬가지다. 그녀는 셋의 연기력에 결코 밀리지 않을 것이다.

그러나 다른 조연들의 연기력이 떨어지면 결과적으로 밸런스가 맞지 않게 된다. 영화에 연기력 밸런스는 굉장히 중요하다. 몰입도에 지대한 영향을 끼치기 때문이었다. '피지 못한 꽃송이여'에서도 지영이 하도 튀고, 연기력이 뛰어나서 김새연이 제대로 묻힐 뻔한 적도 있었다. 아니, 실제로 세 사람이 주인공이었지만 고은성과 지영이 부각되었고, 김새연은 확실하게 튀지 못했었다.

평가는 그나마 좋게 받았지만, 지영과 고은성에 대한 평가
는 훨씬 더 좋게 나왔다.

어쨌든, 이렇게 연기력 밸런스가 중요하다.

그래서 조연 중 가장 많은 신을 가진 이수진의 발전에 모두
가 기꺼워하는 게 이런 이유 때문이었다.

신을 대기 중이던 임수민 또한 만족스러운 미소를 입가에
그리고 있었다.

"확실히 요즘 애들이 실력이 좋긴 좋아. 그치?"

임수민의 말에 지영은 피식 웃고 말았다.

"저도 요즘 애입니다만?"

"장난치니?"

서로가 서로의 정체를 알고 있으니 그녀의 입장에서 지영이
말은 완벽한 농담이었다. 물론 지영도 그런 의도로 꺼낸 말이
었다. 지영은 잠시 안나의 이야기를 할까 싶었지만 사람이 너
무 많아 일단 나중으로 미뤘다.

"서원이는요?"

"최종 점검 중."

"또요?"

"첫 등장이잖니. 첫 데뷔신이고. 그 애한테는 정말 의미가
있는 신이야."

"하긴······."

지영이야 그런 거에 연연하지 않았다.

애초에 '제국인가, 사랑인가'에서는 땜빵이었다.

숙 왕야의 역은 원래 다른 아역이었는데 떡 먹다가 목에 걸려 숨이 막힌 걸 지영이 빼주면서 그 자리를 차지하게 됐다. 물론, 당시 그 아역이 있는 집안 자제여서 배역을 때려치우고 갔기 때문에 돌아온 역할이기도 했다.

거기다가 사실 민아가 아니었으면 하지 않았을 역이기도 했다.

많은 사람들이 오해하는 게 지영이 어렸을 적부터 전문적으로 연기를 배운 것으로 알지만, 지영의 배우 데뷔는 정말 우연의 산물에 가까웠다.

임수민이야 배우가 먹고살기 편해 이 길로 들어왔을 뿐이었다.

생각해 보니 좀 미안한 감이 있기도 했다.

이들은 오직 연기를 위해 앞만 보고 달려가는 이들이기 때문이다.

'하지만 뭐······.'

어차피 세상은 공평하지 않고, 자신들의 존재는 애초에 반칙이나 다름없으니까. 이건 두 사람이 어떻게 할 수 있는 문제가 아니었다.

얘기를 좀 더 나누고 있는데 다시 교실이 조용해지기 시작했다. 서원이 준비를 끝내고 대기하면서부터 생긴 변화였다. 창밖을 보니 마침 하늘도 적당히 노을이 지기 시작했다. 수업이 다 끝나고 굳이 학교까지 나온 심소희의 첫 등장 신이다. 마찬가지로 정수호와 심소희의 첫 만남 신이기도 했다.

한 사람은 모르지만, 한 사람은 의중을 숨긴 모습을 진하게 내보이는 신이기도 했다.

이 신에 대한 설명으로 가장 알맞은 것은?

의미심장(意味深長).

이 단어가 완벽하게 나와야만 하는 신. 그래서 초반에 가장 중요한 신이기도 했다. 따라서 오늘 촬영 중 가장 진한 긴장감이 현장을 맴돌기 시작했다.

사르르르…….

고요가 살포시 내려앉았을 때, 액션 사인이 떨어졌다.

"레디, 액션!"

드르륵.

정윤진이 문을 열고 긴 머리를 찰랑거리는 전학생과 들어섰다. 웅성거리던 아이들이 들어선 정윤진과 아침에 예고했던 예쁘장하다던 전학생에게 시선이 순차적으로 넘어가며 소란은 일시에 잦아들었다.

"자, 아침에 말했지? 오늘 전학생 온다고."

"네!"

꾀꼬리 같은 합창.

아이들의 눈빛이 초롱초롱하게 빛났다.

"내일 와도 되는데 오늘 꼭 너희들을 만나보고 싶은 마음에 이 시간에 찾아왔다고 해. 마음 씀씀이도 참 예쁘지?".

"네!"

정윤진은 아이들의 대답에 흡족해하며, 전학생을 손으로 불렀다.

"자기소개할까?"

"네."

처음으로 입을 연 전학생의 목소리에 아이들이 '오오…' 하는 짧은 감탄들을 내뱉었다. 당연히 대부분 남자아이들의 감탄이었다. 그럼 여학생들은 시기와 질투? 그런 건 아니었다. 왜 이 시기에 전학이 두 명이나 왔나 하는 마음에 생긴 의문과 새로운 반 친구에 대한 호기심 정도가 전부였다.

전학생이 교탁 앞으로 걸어 나와 양손을 모으고 꾸벅, 허리를 깊게 숙여 인사를 했다. 그리고 다시 세운 다음 자기소개를 시작했다.

"서울에서 전학 온 심소희입니다. 아직은 낯설지만 이 학교에 전학 오게 되어 매우 기쁘게 생각합니다. 앞으로 여러분들과 친하게 지내고 싶습니다. 잘 부탁드립니다."

그리고 다시 꾸벅.

크게 특별할 건 없는 인사였다.

하지만 다시 허리를 세우고 나서 싱긋 웃는데, 그 미소가 특별했다. 새하얀 치열이 타이밍 좋게 들어온 석양에 비쳐 정체를 알 수 없는 묘한 감동을 선사했다.

하지만 점심부터 컨디션이 좋지 않던 수호는 그러한 감동을 느끼지 못했다.

"자, 그럼 자리가… 저기, 저기 한 자리 비네. 맨 끝 창가 쪽 옆에. 거기 가서 앉으렴."

"네."

꾸벅.

정윤진에게도 인사를 한 심소희가 차분한 걸음으로 책상 사이를 가로질러 뒷자리로 넘어왔다. 그러곤 수호의 옆자리 의자를 빼곤 치마를 조심스럽게 고른 다음 앉았다.

"새 친구도 왔으니까 다들 친하게 지내고, 섬 생활에 익숙해지도록 여러 가지 알려주는 것도 잊지 말고. 반장?"

"네!"

"반장만 믿는다?"

"네!"

"언제나 고마워, 반장. 자, 그럼 오늘 종례는 여기까지. 다들 집에 조심히 가고, 내일 또 봐요. 종례 끝!"

"차렷! 경례!"

"샘! 감사합니다!"

그렇게 종례가 끝나자 수호는 크게 심호흡을 하고 가방을 주섬주섬 챙겼다. 그러곤 일어나려 하는데.

"안녕?"

"어… 안녕."

"너도 서울에서 전학 왔다며? 아까 교실로 오면서 샘한테 들었어."

"응, 한 달 전에……."

"다행이다. 같은 서울 친구가 있어서. 앞으로 잘 지내보자."

"……."

척! 내민 손을 수호는 잠시 가만히 바라봤다.

악수? 수호에겐 생소한 행위였다.

"뭐 해? 팔 아프다, 나."

"아, 응……."

수호는 조심스럽게 눈앞에 있는 하얀 손을 잡았다.

그러자 씩 웃은 심소희가 힘차게 팔을 흔들었다. 그 행동에 멍해서 수호는 정신을 차리지 못했다. 그리고 그래서 보지 못했다. 소희의 입가에 걸린 미소. 그 미소는 한쪽 입꼬리만 삐쭉 솟은, 너무나 의미심장한 미소였다는 것을.

　　　　*　　　　　*　　　　　*

"컷!"

이민정의 낭랑한 외침에 사방에서 들려오던 소란이 일시에 음소거라도 당한 듯, 우뚝 멎었다. 싱긋 웃고 있던 서원이 표정을 풀고, '후우…' 깊은 한숨을 토해냈다. 연기를 풀자 그녀의 눈빛이 조금은 다른 감정을 담아갔다.

통쾌함? 쾌감? 희열?

동시에 데뷔 신을 찍었다는 기쁨?

드디어 해냈다는 성취감?

등등 짧은 순간 그런 감정이 눈빛에 찼다가, 다시 사르르 녹아 사라졌다. 감정의 변화를 스스로 컨트롤할 수 있는 게 서원의 가장 큰 장점이었다.

"축하해."

"아… 고마워. 하하……. 나 이제 진짜 데뷔한 거네?"

"응."

지영의 축하에 서원은 싱긋 웃었다.

짝짝짝!

걸출한 신인 배우의 탄생에 현장에 있던 스태프들과 연기자들이 전부 한마음 한뜻으로 박수를 쳤다.

첫 데뷔 신은 배우에게 참 의미가 있는 순간이고, 이들은 그걸 잘 알고 있었다.

"감사합니다. 감사합니다!"

서원이 꾸벅꾸벅 인사를 하자 드르륵! 문이 열리고 스태프 몇 명이 케이크와 꽃다발을 들고 왔다. 서원을 위한 작은 축하 이벤트였다. 짧은 초 하나만 덩그러니 꽂혀 있는 케이크에 서원은 입술을 꾹 깨물고 있다가, '후우…' 크게 불었다.

그리고 다시 짝짝짝!

박수와 함께 '데뷔 축하해!' 하고 축하 인사가 이어졌다.

지영은 창가에서 행복한 미소를 짓고 있는 그녀를 옅게 미소 지으며 보고 있었다. 축하할 일이었다. 지영도 그런 순수한 마음으로 박수를 쳤다. 좀 전의 연기는 지영이 보기에 문제가 없었다.

이민정 감독과 임수연 작가가 원하던 것들이 전부 표현이 됐기 때문이다. 그리고 이미 들어온 케이크와 꽃다발로 충분히 답이 됐다.

"워매. 좀 할 거라고는 예상은 했는디, 아가 아주 그냥 죽여주는구마."

지역 불명의 걸쭉한 사투리에 지영은 창가에서 일어나 가볍게 고개를 숙였다.

"아야, 우리끼리 뭔 인사냐. 치워, 치워. 이럼 내가 불편햐."

"괜히 인사 안 했다고 찍히기 싫거든요?"

"걱정 마러. 너 욕하고 다니는 놈덜은 없으니께. 신 다 끝났냐?"

"전 오늘 하나 더 남았죠. 형님은요? 오늘 두 개 있던가요?"

"너 끝나면 할 것 같다. 서원이랑 좀 맞춰보려고 왔는데 그럴 필요도 없었어."

오늘 황정만의 첫 신은 전학 온 심소희와 하굣길에 딱 마주치는 장면이었다. 이 장면 또한 심소희가 사연이 더럽게 많은 캐릭터임을 암시하는 신이라 임수연 작가가 매우 공을 들인 부분이었다.

황정만도 그걸 아니 좀 제대로 해보고자 서원과 합을 맞춰보려 왔는데 연기를 보니 그럴 필요가 없음을 깨달은 것 같았다.

"역시 세상은 넓어야. 저런 괴물이 툭툭 튀어나오고."

"하하."

"허긴, 너 같은 놈도 있는디 저런 아야 뭐 수두룩하겄제."

뭔가 낯 뜨거운 말이라 지영은 대답 대신 적당히 웃음으로 대답했다. 축하 현장은 곧 마무리가 됐다. 스태프들이 자신의 자리로 돌아가자 지영은 아까 찍은 장면을 확인하러 갔다.

"잘 나왔어요?"

"그럼요. 지영 씨랑 서원이 그림이 아주 예술이네요. 정말 너무 잘 어울려요."

"그래요? 메이크업이 잘 먹었나 보네요."

"후후, 지영 씨가 이미지 부자라 그런 거예요. 자, 일단 보고 얘기해요."

임수민이 들어서고 잠시 뒤에 서원이 뒤따라 들어오면서 신이 시작됐다. 이미 아침에 언질이 있었기 때문에 아이들의 시선이 담임 정윤진이 아닌 뒤따라 들어오는 심소희에게 포커싱이 일제히 맞춰졌다.

그런 시선에 살짝 움츠러드는 모습이 잡히자 이민정 감독이 고개를 작게 끄덕였다. 만족감에 나온 행동이었다.

신이 이어졌다. 소개가 끝나고 심소희가 발그레한 얼굴로 정수호의 옆에 앉고, 종례가 끝나자 말을 걸었다.

끝자리에 앉아 아무도 못 보는 미소가 심소희의 입가에 머무는 걸 끝으로 신이 마무리가 됐다.

"서원이는 화면이 잘 받네요."

"그죠? 한국형 미인들의 특징이 그래요. 본래 모습보단 화면에 비춰질 때 훨씬 매력이 진하게 피어나죠. 제가 서원이를 보고 단번에 오케이한 이유도 그거예요."

이민정은 지영의 말에 그리 답하더니 손가락으로 카메라 모양을 만들어 양손을 모으고 수줍게 서 있는 서원의 얼굴에 대고 찰칵! 장난을 쳤다.

"이런 장면을 한 번 더 찍는 건 개인적으론 필름 낭비라고 생각해서, 이 신은 이대로 갈게요."

"네, 저는 다음 신 준비할게요."

"네, 천천히 해요."

지영은 다시 대기실로 돌아와 메이크업을 수정받았다. 30분쯤 뒤에 신 하나를 더 찍자 오늘 찍을 분량이 전부 끝났다. 하지만 촬영 자체가 끝난 건 아니라서 지영은 메이크업만 지우고 현장에 대기했다.

교무실에서 정윤진과 심소희의 신이 끝나고, 오늘 마지막인 운동장 신으로 다들 분주히 이동했다.

오늘의 마지막 신이었다.

장비 세팅이 끝나고 나자 노을은 내려앉고, 어둠이 그 자리를 대신 차지했다. 주변이 너무 어두웠지만 촬영에 문제는 없었다. 그리고 설정상 문제도 없었다. 어차피 섬이나 시골은 빛이 별로 없어 어둠이 일찍 찾아오기 때문이다. 첫 촬영을 기념하기 위해 바비큐 파티가 이미 숙소에서 준비 중이라 세팅이 끝나자 바로 신이 시작됐다.

"레디, 액션!"

끼이익.

바닥이 긁히는 유리문을 열고 나온 황정만.

"그려그려, 어여들 가. 낼 부모님 모시고 오는 거 잊지 말고!"

"네, 샘!"

여학생 둘, 남학생 하나가 황정만에게 안녕히 계세요! 크게 인사를 하고 떠나갔다. 수학 샘 역할의 황정만은 푸근한 미소로 아이들을 배웅하곤 뒤를 돌아섰다. 그러곤 자신의 앞에 서 있는 여학생을 보곤 순간 멍해졌다.

"어……?"

"……."

너무 놀랐는지 전기에 감전이라도 된 것처럼 움찔하곤 눈만 끔뻑거렸다. 오늘 전학 온 여학생, 서원은 그런 황정만을 아랫입술을 질끈 깨문 채 가만히 노려보고 있었다. 심소희. 가슴의 명찰을 본 황정만은 뭔가 말을 하려고 했지만 차마 나오질 않는지 종내에는 손만 더듬더듬 들어 올렸다.

하지만 서원은 그 손이 올라오자마자 바로 걸음을 뗐고, 곧 바로 그를 지나쳐 버렸다.

째앵.

찬바람 정도가 아닌 북풍한설이 몰아치는 매몰찬 기세가 순간적으로 서원을 중심으로 주욱 퍼져 나갔다. 그리고 그 북풍한설은 황정만을 옴짝달싹못하게 묶어버렸다. 뒤늦게 정신을 차리고 급히 뒤돌아 달려 나가봤지만 이미 서원은 운동장 한중간을 가로지르고 있었다. 학교를 들들 볶아 운동장에 몇 대 설치한 가로등을 스쳐 지나가는 서원.

황정만의 눈에 피어 있던 감정은 아주 확실한… 당황이었다.

'대단하다……'

그리고 서원이 완전히 사라졌을 때 그의 눈에 피어난 감정은 애달픔이었다.

제대로 연기에 몰입한 황정만을 보며 지영은 이 타고난 천재이자 노력가인 그에게 정말 감탄하고 말았다. 지금까지 타인의 연기에 이렇게까지 감탄한 적은 없었다. 대본 리딩 때도 확실히 대단은 했지만, 이 정도로 지영에게 감동을 안겨주진 않았다.

지영은 서원과 마주치는 순간부터 서원이 떠나 사라지는 순간까지 눈빛과 표정, 그 두 가지로 둘이 무슨 사이인지를 아주 확실하게 표현했다.

그의 눈빛에는 구구절절함이 있었다.

아마 예민한 사람들은 그러한 감정을 저 짧은 순간의 마주침으로도 충분히 캐치했을 것이다.

서원이 그의 시선에서 사라지는 그 순간, 누가 억누르고 있던 한숨을 '후…' 하고 쉬었다. 이민정 감독이었다.

"컷!"

이민정 감독이 흥분한 목소리로 그리 외쳤다.

다시 볼 필요도 없이 저건 백점 만점짜리 연기였다.

"와……."

지영의 근처에서 연기를 보던 다른 조연들도 황정만의 연기에 넋을 잃고 있었다. 그들 중엔 황정만보다 나이가 많은 사람도 있고, 실제 연기 경력이 위인데도 넋을 놓고 보고 있었다. 그만큼 황정만의 연기는 대중을 확! 잡아끄는 마력이 있었다.

'분발해야겠는데…….'

서원이 있고, 아직 포텐셜을 아껴두고 있는 임수민이 있다. 그리고 좀 전에 압도적인 존재감을 내비친 황정만이 있었다. 지영은 작품에 임함에 있어 설렁설렁한 적은 한 번도 없었지만 이번은 정말 제대로 해야겠단 생각이 들었다.

다들 이 정도 연기력이면 잘못하면 강지영 영화 인생 최초로 '별로'란 소리를 들을 것 같단 예감이 들었기 때문이다.

컷 소리를 들은 서원이 가던 걸음을 돌려, 총총 뛰어왔다. 오늘의 마지막 신이라 그런지 다들 기대한 얼굴로 이민정을 바라봤다. 어느새 이동한 지영은 호흡을 고르는 서원, 황정만과 함께 테이프를 확인했다.

신은 문제없었다.

두 사람의 호흡은 굉장히 좋았다.

황정만이야 지영이 생각한 대로 최고를 보여줬고, 오늘 첫 데뷔를 하는 서원도 지영이 보기엔 완벽했다. 특히 스쳐 지나갈 때의 그 짧은 감정 표현에는 엄지를 척! 내밀어주고 싶었다.

"오케이, 촬영 종료! 다들 정리하고 회식하러 가요!"

"와! 짝짝짝!"

시작부터 탈이 많던 촬영의 첫날이 NG 몇 번 없이 깔끔하게 끝났다.

"음머, 간만에 감정 잡았더니 겁나게 어색해 부러."

황정만이 능청을 부리면서 다가왔고, 지영은 그냥 엄지를 척 내밀었다. 그러자 그는 쑥스러운 표정으로 뒤통수를 긁적거렸다. 한참 어린 후배에게 칭찬받았다고 저렇게 좋아하면서도 어색해하는 모습을 보니 지영은 그냥 실없는 웃음이 나왔다.

"내려가기 전에 한 대 빨러 가야겠제?"

"그럴까요?"

"그래야제? 조까 저짝 가서 한 대 빨아 제끼자고."

술만큼이나 담배를 좋아하는 그고, 지영도 이제는 굳이 담배를 끊을 생각이 없어진 마당이라 둘이 같이 슬쩍 본관 건물 뒤로 이동했다. 폭풍우가 멈추니, 이제는 날벌레가 기승을 부렸다.

"퉤퉤, 아따. 못살것네, 진짜!"

황정만이 입에 들어간 날벌레를 퉤퉤 뱉어내고는 지영이 붙여주는 불로 담배를 태웠다.

치이익.

"후우, 아따 좀 살겄다. 촬영 전엔 냄새날까 봐 담배를 못 피우니 긴장되는 이 가슴을 우째 달랠 수가 있어야제."

"긴장도 하세요?"

"아따 그러믄 하지, 안 하것냐? 것도 첫 촬영인디, 임마야."

뭔가 사투리가 더욱 요상해진 것 같지만 이 자체가 황정만 인지라 더 이상 신경 쓰지 않기로 했다.

"후우…… 옛날에는 형님들이랑 이렇게 한 신 찍으면 옹기 종기 모여 담배도 피우고 그랬제. 왜 그 유명한 사진 있잖여? 강우 형님이랑 민석 형님이랑 다른 영화 찍다가 우연찮게 만 나 서로 사진 찍은 거."

"아아……."

대한민국 영화사에 한 획을 쫘악 그어버린 두 작품이 있다.

살인의 추억.

올드보이.

명작이다.

한국뿐만이 아닌 전 세계 영화인에게 극찬을 받은 한국 영 화사에 길이 남을 명작이었다. 그 두 주연배우가 촬영 도중 서로 사진을 찍은 게 있다. 한 배우는 산발한 머리로 담배를 피우고 있고, 한 배우는 그런 배우를 가리며 해맑게 브이를 하 고 있다. 그때는 몰랐다. 그 사진이 영화 역사에 남을 줄은 말 이다.

"근데 요즘은 시대가 허도 많이 변해 부려서, 그랬다간 인성

쓰레기니 뭐니 욕먹어야. 뭔가 슬프지 않으냐?"

"글쎄요……."

지영에게 시대가 변했다, 라…….

강지영이란 인간의 진짜 정체를 알면 아마 이런 얘기를 절대 못 했을 거다. 다시 태어났더니 불이 생겼고, 또다시 태어났더니 또 뭐가 생겼고…….

이런 건 지영이 훨씬 잘 안다. 당장 오늘 서랍을 열고 나와 지금도 조용히 지켜보고 있을 안나의 시대만 하더라도 현 시대의 의료술, 그리고 의약품만 있었어도 그런 삶을 살진 않았을 것이다.

―…….

안나의 슬픈 침묵이 느껴졌다.

"자, 이제 내려가요!"

그리고 활기찬 이민정의 목소리가 들려왔다.

지영은 뭔가 의미심장한 안나의 침묵을 뒤로하고 담배를 끄고, 숙소로 향했다.

Chapter70
심장병(心臟病)

해가 쨍쨍한 오후.

수호는 오랜만에 컨디션이 좋아 햇살을 마음껏 느꼈다. 가끔씩 부는 바람에 떨어지는 낙엽을 보고 있자니 괜스레 기분이 좋아졌다. 가을의 문턱을 갓 지났을 때 이 섬에 들어와 벌써 두 달째, 겨울의 문턱에 서서는 잠시 숨 고르기를 하고 있는 것 같은 날씨였다.

"수호야."

항상 자신을 챙겨주는 소녀의 목소리에 수호는 창에서 시선을 떼고 얼른 돌렸다.

"응, 반장."

"또또 반장이라고 한다. 나도 이름 있거든?"

"응, 미소야."

성미소.

까무잡잡한 반장의 이름이었다.

미소는 잠시 뾰로통했던 표정을 풀곤 찾아온 용건을 얘기했다.

"이따가 애들이랑 수영 갈 건데, 같이 갈래?"

"수영? 안 추워?"

"물론 춥지. 너는 물에 안 들어가도 돼. 대신 낚시하는 거 알려줄게."

"낚시……."

이 마을에 와서 놀랐던 부분 중 하나, 반 친구 대다수가 낚시를 제법 잘한다는 점이었다. 남학생뿐만이 아닌 여학생들도 간간히 낚시를 한다는 얘기를 듣곤 참 신기해했었다. 그래서 애들이 친해질 목적으로 수호에게도 낚시를 가잔 얘기를 몇 번 했었지만 항상 컨디션이 좋지 않을 때만 권했던지라 여태 한 번도 함께하지 못했었다.

하지만 오늘은?

"응, 오늘은 갈게."

컨디션이 좋다.

이렇게 좋아도 되나 싶을 정도로.

"어, 진짜?"

"응, 권해놓고 왜 놀라?"

"아니, 헤헤. 오늘도 못 간다고 할 줄 알았거든."

"뭐야. 벌써 결과를 정해놓고 물은 거야?"

"미안. 수호는 연약하니까."

발끈!

"연약한 건 아니거든. 그냥… 아픈 거지."

"아, 미안! 어쨌든 이따 같이 가는 거다?"

"그래. 끝나고 바로 갈 거지?"

"그래야지. 방파제 쪽으로 갈 거야. 수호네 집 근처니까 가는 길에 옷 챙겨 가면 되겠다."

"……"

수호는 미소의 말에 고개를 끄덕였다.

항상 이렇게 따뜻하게 챙겨주는 미소가 수호는 정말 고마웠다. 도움에 대가를 바라지 않는 아이. 아주 솔직한 감상으론 수호는 이런 누나가 있었으면 좋겠단 생각까지 했었다. 그만큼 미소는 수호의 섬 생활의 반 정도를 케어해 주고 있었다.

"근데 나 낚싯대 없는데?"

"애들한테 많으니까 그거 빌려서 하면 돼."

"응, 고마워."

감사의 인사를 하는 순간, 수업종이 울렸다.

"그럼 하교하고 봅시다!"

미소가 손을 흔들면서 자기 자리로 갔고, 반대로 소희가 왔다.

"미소랑 무슨 얘기했어?"

"이따 낚시 가자고 해서."

"낚시? 오늘은 가게?"

"응, 그러려고. 컨디션도 좋고."

"흠……."

아리송한 표정이 된 소희에게서 시선을 뗀 수호는 교과서를 펼쳤다. 5교시 국어. 담임 정윤진의 수업이었다. 잠시 뒤에 정윤진이 들어오면서 수업이 시작됐고, 나름 즐거운 수업이 진행됐다.

오늘은 단축 수업이라 5교시가 끝나자 바로 종례를 했다.

정윤진이 내일 보자는 말과 함께 출석부를 챙겨 나가자 미소가 빛의 속도로 가방을 싸서 다가왔다.

"미소야, 낚시 가?"

"응, 오늘 날도 좋아서 애들이랑 방파제 가서 놀기로 했어. 소희도 같이 갈래?"

"나도 가도 돼?"

"그럼! 소희도 친군데! 헤헤, 얼른 가방 싸. 체육복으로 갈아입고 우리 바로 갈 거야."

"응!"

'같이 가는구나…' 하는 생각을 하며 수호는 가방을 쌌고, 두 여학생이 옷을 갈아입기 위해 후다닥 사라지자 부반장 정태가 다가왔다.

"여, 수호! 고고!"

"응."

"야! 내가 수호 자전거 태워 갈 테니까 니네 알아서 와!"

수호도 정태와 함께 바로 교실을 나섰다.

우르르. 복도는 빛의 속도로 귀가하는 아이들로 엄청 붐볐지만 정태는 요리조리 잘도 피하며 수호를 이끌었다.

자전거 거치대 쪽으로 나와 정태가 자기 자전거를 빼는 동안 빛의 속도로 옷을 갈아입은 미소와 소희도 다가왔다.

"와, 빠르기도 하다."

"이 정도야 기본이지. 오늘 다른 반 애들도 간대. 얼른 가서 자리 잡아야 돼."

"아, 진짜? 수호야, 빨리 타. 야! 우리 먼저 가서 자리 잡고 있는다!"

"야야! 수호 옷 챙겨가야 돼!"

"그래? 알았어. 내가 먼저 가서 수호 내려주고 바로 갈 테니까 니가 수호랑 같이 와."

"야, 소희도 데리고 가야 되거든?"

"아, 몰라! 그럼 같이 오든가! 일단 우린 고! 수호야, 얼른 타!"

급박한 대화가 끝나자 수호는 뒷좌석에 앉았고, 정태는 곧바로 페달을 밟았다. 좋은 자전거라 그런지 쭈욱쭈욱 잘도 나갔다.

가속도가 붙자 시원한 바람이 얼굴을 찰싹찰싹 때리기 시작했다.

"아⋯⋯."

얼마만이더라, 이렇게 따사로운 햇살 아래에서 자전거를 타본 게?

'십 년 만인가?'

심장에 이상이 온 뒤부터 야외 활동은 거의 못 한 수호였다. 심장이식 수술을 받지 못했다면 지금도 이런 기분은 절대로 느끼지 못했을 것이다. 계단 말고 산 옆을 빙 돌아 만들어 놓은 도로를 통해 자전거가 쏜살같이 달려 내려가기 시작하자 얼굴을 때리는 바람들이 훨씬 많아졌다.

눈도 따끔따끔했지만 수호의 입가에는 너무나 즐거운 미소가 걸려 있었다.

차르르르르⋯⋯.

수호가 웃자 재미가 없었는지 바람들은 심통이 났는지 애꿎은 낙엽송만 괴롭혔다. 그러자 갈색으로 변한 낙엽이 수호가 가는 길 위로 살랑살랑 춤을 추며 단체로 내려오기 시작했다.

"와……."

"오오, 죽인다, 죽여. 크으… 수호 말고 뒤에 소희를 태웠어야 했는데!"

불쑥 본심을 말한 정태였지만 둘 다 크게 개의치 않았다.

이미 소희가 온 지 일주일 만에 고백했다가 빵! 축구공 걷어차이듯 차인 정태였고, 그건 반 아이들 전부가 알고 있었다.

언덕을 다 내려오자 정태는 다시 힘껏 페달을 밟았다.

힘이 좋아서 그런지 자전거는 쭉쭉 잘도 달려 나갔다.

"정태, 어디 가니!"

"낚시요!"

"파도 조심하고! 위험하지 않은 곳에서 놀아!"

"네!"

가장을 따라 섬으로 이사 온 전국 각지의 어머님들. 섬은 엄청 큰 곳이 아니라 어차피 다들 연결되어 있었다. 그래서 너 나 할 것 없이 다들 한 가족처럼 지냈다. 수호는 처음엔 이것도 낯설었지만 이제는 제법 적응이 됐다.

쭉쭉 마을과 논이 지나가고 어느새 섬에서 보기 힘든 큰 규모의 2층 집이 보였다. 수호의 집이었다.

끼이익!

"얼른! 얼른 옷 챙겨와!"

"응!"

정태의 다급한 목소리에 수호도 덩달아 다급하게 대답하곤 얼른 내려서 집으로 들어갔다.

삑삑삑삑!

안으로 들어가기 무섭게 신발을 벗어던졌다.

"어머, 도련님 오셨어요?"

"네, 저 애들이랑 놀다 올게요. 옷 좀 챙겨주세요."

"제가 얼른 가져올게요."

집안일을 도와주시는 아주머니가 얼른 안으로 들어가 점퍼를 비롯해 목도리, 장갑 등을 가지고 나왔다.

혹시 몰라 항상 늦은 밤에 산책을 할 때도 이렇게 무장을 하고 나가는 수호였고, 반 친구들도 만나면서 이제 이런 건 부끄러운 일도, 비밀도 아니었다.

"언제 들어오세요?"

"저녁 전에는 들어올게요!"

"네, 사장님은 오늘도 뭍에서 약속이 있으시다네요."

"네!"

아버지.

항상 일만 하는 아버지.

수호에겐 그런 존재인지라 큰 감흥은 없었다.

옷을 챙겨 입고 밖으로 나오자 정태가 또 빨리 오라고 소리쳤다. 쌔앵! 다른 반 아이들이 탄 자전거 몇 대가 지나갔고 그걸 본 수호는 얼른 달려가 뒷좌석에 탔다.

혹! 혹! 혹!

숨소리와 함께 다시 자전거가 출발했다.

몇 분 지나지 않아 탁 트인 바다가 보였다.

항상 수호가 산책하는 길을 따라 자전가가 달려갔고, 벌써 대여섯 명의 아이들이 자리를 선점하고 낚싯대를 펴는 게 보였다. 또 몇 명은 웃통을 홀러덩 벗고 반바지만 입은 채 물속으로 뛰어들고 있었다.

끼이익!

타이어 마찰음이 나면서 자전거가 멈췄고, 정태가 급히 비껴 메고 있던 가방을 들고 달려갔다.

"여기 내 자리!"

"야, 거기 이따 정수 오면 할 거야!"

"그런 게 어디 있냐? 너네 좋은 자리 잡았으니까 하나는 양보해라!"

"아 씨, 정수가 부탁한댔는데."

"그러지 말고 같이 좀 하자. 오늘 수호도 왔단 말이야."

"수호도?"

정태 옆에 있던 다른 반 아이가 수호를 힐끔 보곤 한숨을 포옥 내쉬었다. 몸이 아픈 수호의 이야기는 이미 전교생이 안다고 해도 과언이 아니었다. 체육 수업도 언제나 빠지는 수호. 뛰는 건 절대 금물인 수호. 놀래는 장난은 수호의 심장을 진짜 멈추게 할지도 모르니 장난까지 금지인 수호.

그런 수호가 방파제에 낚시를 하러 왔다.

"그러지 말고 기수야, 여기 오늘 한 번만 쓰자, 응? 다음에 내가 먼저 와서 자리 잡으면 너한테 양보할게."

"진짜지?"

"아, 그럼! 나 박정태다, 박정태!"

"그래, 오늘은 양보. 이 자리에서 같이해."

"고맙다, 친구야!"

수호야!

정태는 자리를 얻고는 손짓으로 수호를 불렀다. 수호는 그런 정태에게 얼른 다가갔다. 정태는 수호에게 하나씩 하나씩 낚싯대 펴는 법, 사용하는 법, 당기는 법 등을 알려줬다. 낚시 자체가 아예 처음인 수호라 모든 게 신기했다.

막 설명이 끝나고 수호가 낚싯대를 손에 쥐는데 미소와 소희가 도착했다.

"헉헉! 아, 뭐야! 좋은 자리 다 뺏겼네!"

"이해해라. 수호 옷 챙기는 동안 추월당했다. 그나마 여기도 기수가 양보해 줘서 잡은 거야."

"아, 남은 자리는 다 별론데. 소희야, 우리 그냥 수영이나 할까?"

미소가 소희를 보며 묻자 소희는 잠시 고민하다가 고개를 끄덕였다.

"그럼 집에 갔다 오자. 너, 집 별로 안 멀지? 우리 집은 조기, 조기쯤이야."

저기쯤도 아니고 조기쯤이라니…….

말투가 참 귀엽다는 생각을 수호가 떠올릴 때쯤 뒤쪽에서 '물었다!' 하는 소리가 들렸다. 수호는 그 소리에 반사적으로 고개를 돌려 봤다. 그러자 다른 반 친구 하나가 잔뜩 휘어진 낚싯대와 함께 씨름을 하고 있는 게 보였다.

"와……."

그 모습에 수호는 저도 모르게 입을 벌렸다.

처음 봤다.

저렇게 고기를 잡는 모습. 수호는 모든 게 새로워 심장박동이 조금씩 빨라지고 있음을 느꼈다. 1분쯤 고기와 씨름하던 남학생이 팔뚝만 한 고기를 낚아 올렸다.

"오, 오오! 크다!"

"오예! 오늘 조황 좋겠는데?"

그 소리를 듣자 수호도 고기를 한번 잡아보고 싶었다.

"자자, 수호야, 우리도 시작하자. 내가 하는 거 보고 따라 하면 돼."

"응!"

촤라라락!

낚싯대를 휙! 하고 뿌리자 릴이 풀리는 소리가 경쾌하게 들려왔다.

"이렇게 뿌리는 걸 케스팅이라고 하는데, 이걸 한 다음에 릴링하면 돼. 그러다 입질 오면 채 주고! 쭉쭉 당기다가 좀 풀어주고, 다시 당겨주다가 풀어주고, 이걸 반복하면 물고기가 낚여 온단 말씀! 수호도 해봐!"

"응, 알았어."

좀 전에 정태가 했던 대로 휙 뿌려봤지만 역시 멀리 날아가지 않았다. 그래서 다시 걷고, 몇 번을 반복하자 이번엔 좀 제대로 날아갔다.

"오오, 좀 하는데? 그렇게 케스팅하고 나면 이제 살살 릴을 감으면서 고기를 유인하는 거야."

"응."

새로운 놀이.

그것도 친구들과 함께하는.

수호는 가슴이 벅차오름을 느꼈다.

솔직히 이런 날을 고대하고, 또 고대했던 수호였다.

수호는 도망치듯 서울에서 벗어나 이곳으로 오기를 정말 잘했다고 생각했다.

'미소도 있고, 정태도 있고. 소희도 잘해주고.'

그런 생각이 들자 입가에 미소가 그려졌다.

"안 물면 다시 감아서, 다시 뿌리고 이걸 계속 반복하면 돼."

"응, 고마워."

"친구끼리 뭐가 고맙냐? 흐흐."

툭툭.

정태가 어깨를 두들겼는데 힘이 좋아 그런지 수호는 조금 아팠다. 하지만 친근함의 표시라 수호는 오히려 웃었다.

"우리 왔다!"

미소의 목소리가 들려 찌를 뿌리려던 수호는 저도 모르게 고개를 돌렸다. 돌린 시선에는 수영복으로 갈아입고 온 미소와 소희가 서 있었다. 짧은 핫팬츠 길이의 타이즈에 하얀색 래시가드를 입은 미소. 그리고 짧은 반바지에 마찬가지로 하늘색 래시가드를 입고 있는 소희. 그렇게 차려입고 한 사람은 의기양양하게, 한 사람은 조금 쑥스러운 표정으로 서 있었다.

두근.

두근······.

두근······.

수호는 그중 한 사람에게 시선을 뺏겼고, 심장박동이 서서히 올라감에 저도 모르게 얼굴을 붉히고 있었다.

심장이 한 사람을 향해 반응을 시작했다.

＊　　　　＊　　　　＊

"컷!"

이민정 감독의 목소리에 지영은 수호에서 서서히 빠져나왔다. 홍조가 생겼던 빨간 볼은 여전했지만 수줍고, 세상 모든 게 신기해 보였던 수호의 눈빛은 컷 소리와 함께 사라져 있었다.

다다다.

스태프들이 모포를 가져와 두 사람을 덮어줬다. 오늘 날씨가 많이 따뜻하긴 하지만 그래도 방파제라 바닷바람이 제법 세게 불고 있었다. 김지혜도 패딩을 들고 지영에게 달려왔다.

"고마워요."

"따뜻한 차 가져다 줄까요?"

"있으면 좀 부탁할게요."

"네, 조금만 기다려요."

이제는 매니저 일에 완벽하게 익숙해진 김지혜가 얼른 차를 가지러 달려갔다. 지영은 영상을 확인 중인 이민정에게 다가갔다.

"어때요?"

"음음, 당연히 나쁘지 않죠. 아… 연기력 좋은 배우들이랑 작업하면 이런 게 정말 좋다니까요? 전에 아이돌 둘 데리고 짧은 장면 찍는데 정말 몇 시간을 소비했는지… 하."

진저리를 치는 이민정 감독의 행동에 피식 웃은 지영은 일단 영상을 확인했다. 지영의 연기는 여전히 완벽했다.

며칠 전 황정만의 연기에 자극을 받은 뒤로 지영은 아주 작정하고, 캐릭터에 완전히 몰입했다.

정수호.

심장이식을 받고 죽음에서 회생해, 이곳 섬에서 요양 겸 학교를 다니는 아이. 초등학교는 물론 중학교, 고등학교 때도 학교에 다닌 날보다 병원에 있었던 날이 훨씬 많았던 캐릭터라 세상 물정을 모르는 건 기본이고, 제 나이 또래 아이들이 했던 놀이, 게임 등은 거의 겪어본 적이 없었다.

그래서 모든 게 새롭고, 신기한 아이.

이게 초기의 설정이었다.

그리고 오늘 파트를 기점으로 정수호는 한 아이를 가슴에 담게 된다.

지영은 진지하게 영상을 확인 중인 서원의 옆모습을 힐끔 바라봤다. 정수호는 앞으로 서원이 연기하는 심소희를 가슴에 담아야 한다.

아주 서툴지만, 아주 진하게 담아야 한다.

청춘의 시대에 부는 바람은 이 두 사람의 가슴속에 새로운 자극을 주게 될 것이다. 물론, 조용히 구석에서 연기를 보고 있는 임수연 작가의 뜻에 따라, 한 사람의 가슴에 더 자극이 들어간다.

성미소.

임수연 작가는 노력파이고, 촬영 태도가 너무나 좋은 이수진을 좋게 봤다. 그래서 그녀의 배역에 변화가 생겼다. 물론 그 변화는 그녀에게 아주 긍정적인 변화였다. 신이 늘어났고, 캐릭터가 앞으로 보여줄 감정들이 새롭게 배치되었기 때문이다.

영상을 확인한 지영은 김지혜가 가져다준 차를 받아 자신의 지정 의자에 앉았다. 그러곤 대본을 펼쳤다. 이제 영화는 초반을 지났다. 여기서부터 감정을 담게 되고, 담은 감정들은 캐릭터들의 표현에 조금씩, 조금씩 미세한 변화를 일으킬 것이다.

이 변화는 조금씩 속도를 올려갈 것이고, 종내에는 거대한 폭풍을 만들어낸다. 즉, 이제부터 영화가 가진 이야기는 본격적인 궤도에 올라가게 된다는 소리다.

대본을 확인한 지영은 눈을 감았다.

머릿속에 장면을 그려보기 위함이었다.

하나, 하나, 한 신, 한 신.

방파제 신을 기점으로 수호의 운명은 극변한다.

―불쌍해요…….

안나의 중얼거림에 지영은 움찔했다.

여태껏 방관과 구경만 하던 안나의 목소리에 담긴 감정은 그리 달갑지 않았다. 이해하지 못하겠다는 감정 또한 진하게 스며들어 있었다. 그 때문에 잠시 움찔했지만, 지영은 곧바로 신색을 회복했다.

지영의 머릿속에 든 정수호의 일생이 불쌍하다는 뜻일 것이다.

'이렇게 감정적이었었나?'

아니, 아니었다.

고개를 저은 지영은 자신이 당시의 안나로 살 때 자신이 이렇게 감정적이었나 생각해 봤고, 곧 그러지 않다는 걸 깨달았다. 안나는 이건이랑 같았다. 스스로의 인격을 얻었다. 아니, 이제는 서랍의 기억들 전부가 그렇다고 봐야 했다.

이번은 그래도 다행인 게 안나처럼 조용한 성격의 기억이

튀어나왔다. 이건 같은 놈이 나왔으면 또 골치 아픈 상황이
나올 뻔했다.

"자자, 다음 신 준비 서둘러 주세요! 해 떨어지기 전에 마무
리 신 들어가야 합니다!"

"네!"

이민정 감독의 지휘에 지영은 상념에서 벗어났다.

지금은 연기에 집중할 때지, 안나를 비롯한 기억 서랍에 집
중할 때가 아니었다. 20분쯤 지나자 신이 준비가 됐다. 이번
신은 정신을 차린 수호가 감정을 숨기며 낚시에 집중하고, 두
여학생은 물에 뛰어들어 즐거운 한때를 보낸다.

햇빛.

바다.

산란하는 빛 무리.

즐거운 한때.

청춘.

힐끔힐끔 보는 시선 속에 담긴 감정의 씨앗.

그리고… 안타까움과 증오.

이번 신의 목표였다.

시간은 정오를 막 지나 2시쯤이었다.

섬의 해는 빨리 지니 지금부터 후딱후딱 찍어야 원하는 컷
을 전부 딸 수 있었다. 한정연과 이성은이 와서 얼른 메이크업

을 수정해 줬다.

"배우분들 준비해 주세요!"

조연출의 외침에 지영은 대본을 내려놓고 자리에서 일어났다. 오늘 저녁 늦은 배로 은재가 들어온다.

지영은 깔끔한 기분으로 은재를 맞이하고 싶었다.

위치에 가서 서자, 역시 언제나 그랬듯 정적이 방파제 전체에 살포시 내려앉았고, 그 정적 속에서 이민정 감독이 메가폰을 입에 가져다 댔다.

"레디… 액션."

오늘의 마지막 신이 시작됐다.

*   *   *

"정 선생."

"네, 부장 선생님."

"아는 괜찮은가?"

"……."

커피 잔을 들어 올리던 정윤진은 그 말에 멈칫했다. 그러곤 아랫입술을 꾸욱 깨물었다. 잔을 든 손도 덜덜 떨렸다.

아이가 아프다.

며칠 전까지 멀쩡했던 아이가 갑자기 쓰러졌고 병원에 입원

했는데, 청천벽력 같은 소리를 담당의가 해줬다.

심장의 기능이 점점 멈추고 있다는 희귀 질병.

수술은 물론 약물 치료도 힘들고, 아이를 살리려면 심장이 식밖에 답이 없다는… 그야말로, 마른하늘에 벼락 같은 소리를 듣고 말았다. 당시 차량 때문에 같이 가 있던 동료 여교사를 통해 교무실에 소문이 돌았고, 3학년 학년 주임인 심수철은 그녀를 반으로 불렀다. 학년 부장이 되면 아이들만 케어하는 게 아닌 동료 교사도 같이 케어해야 한다.

그게 학년 부장의 업무 중 하나였다.

"어이구, 어쩌냐……. 아는 지금 병원에 있고?"

"네… 선생님."

아이를 데리고 올 수는 없었다.

일단 검사부터 시작해 너무 많은 것들을 해야 했다.

당장 올라가고 싶지만 이런 섬 학교의 특성상 지원은 항상 부족하다. 정윤진이 빠지면 국어 수업을 누군가가 진행해야 하는데, 그럴 정도의 수준을 지닌 정교사도, 기간제 교사도 없었다. 그래서 일단 공고는 올려놓은 상태로 정윤진은 계속 수업을 진행하고 있었다.

정윤진은 힘들었다.

아이들 앞에서 예전처럼 웃어야 하는 게… 너무 힘들었다.

나는 아픈데, 마음이 찢어질 것 같은데, 딸아이 걱정에 매일 밥도 제대로 못 먹는데! 그 아이가 너무 보고 싶은데! 혼자 있을 그 아이가 너무 걱정되는데!

자신은 학교에 묶여 있었다.

이 사실이 정말 사무치도록 미안했다.

하루에도 몇 번씩 전화 오는 딸 미진이의 목소리를 들을 때마다 정윤진은 항상 입을 틀어막고 울음을 참아야 했다. 엄마가 울면 아이는 불안해하니까, 더 무서워할 테니까. 그래서 몸을 꼬집으면서까지 울음을 삼켰다.

'이게 현실일까……'

현실이 맞는 걸까……?

정말 미진이가 병에 걸렸고, 얼마 살지 못한다는 이 현실이… 진짜 맞는 걸까?

'왜… 나한테?'

남편과 사별하고 혼자 미진이를 정말 악착같이 키웠다. 기간제였던 그녀는 남편이 죽자 미진이를 키우며 악착같이 공부해 결국 임용에 통과했다. 그리고 이제 좀 자리를 잡고 있었다.

'자리를 잘 잡아가고 있었는데… 이 좋은 섬에 와서 미진이도 정말 기뻐했는데……'

벌을 받는 걸까?

혹시 나도 모르게 큰 잘못을 해서?

"어이, 정 선생. 정신 차려!"

"……."

"정 선생!"

"아……."

환상에서 깨어나듯, 정윤진은 심수철의 호통에 정신을 차렸다.

"정 선생이 정신 단디 붙잡고 있어야지 그러면 어쩌자는겨!"

"네… 죄송합니다."

잘못했나?

잘못한 건가?

이렇게 혼날 정도로?

정윤진은 사리 분별력마저 잃어가고 있었다.

희귀… 심장병.

이 단어가, 딸 미진이에게 찾아온 병마가 항상 맑은 미소로 아이들을 가르치던 정윤진을 뿌리부터 바꿔놓고 있었다.

"이거 안 되겠네. 교무 회의는 내가 가서 얘기해 줄 테니까 오늘은 그만 조퇴하고 집에 가."

"아니에요. 애들 학업 성취도 프로……."

"어허!"

"…네."

심수철의 엄한 호통에 정윤진은 고개를 푹 숙이고, 결국 그러겠다고 대답했다. 항상 실실 웃는 심수철이지만 화나면 호랑이도 저리 가라 할 정도로 엄해진다는 걸 알기 때문이다.

그리고 솔직히 말해, 그녀는 좀 쉬고 싶었다.

"오늘 회의에서 내가 어떻게 해서든 정 선생 시간 만들어볼 라니까, 걱정 말고. 집에 가서 일단 쉬고 있어."

"…네."

"그려그려, 어여 가봐."

끼이익.

자리에서 일어나 정윤진은 신경 써준 심수철에게 고개 숙여 인사하고 1반 교실을 나섰다. 휘이잉……. 복도를 돌던 바람이 정윤진이 나오자 이때다 싶었는지 얼른 그녀에게 달라붙었다. 정윤진은 그런 바람과 함께 저 멀리 해안가를 바라봤다.

푸른빛.

해수면에 반사되는 빛은 언제 보아도 예술이었다.

오늘도 마찬가지였다.

이제 초겨울이라고 해도 될 날씨지만 햇빛은 해수면과 함 께 자신의 존재감을 확실히 내비치고 있었다.

하지만…….

오늘은 기쁘지 않았다.

저 아름다운 광경이 눈에 담겨도, 기쁘고 벅차기보단 아프 고 미안했다. 약품 냄새 가득한 병실에서 홀로 있을 미진이 때문이었다. 하지만 그래도 의젓하게 웃으려고 매일 전화해 굳이 밝은 목소리를 들려주는 딸이 떠오르자 심장이 터질 것 같았다.

"흐윽……"

아팠다.

갑자기 심장이 고장 난 것처럼 짜르르 울렸다.

결국 정윤진은 입을 틀어막고 울음을 터뜨렸다.

왜, 왜 미진인데?

왜, 왜… 이 아이에게 찾아왔는데?

내가 뭘 잘못했다고!

그 아이가 무슨 잘못을 했다고!

원망스러웠다.

'차라리… 무너져 버려……'

남편도 데려가고, 이제는 아이마저 데려가려는 하늘이 정윤진은 지독히 원망스러워서, 하늘의 붕괴를 소망했다. 그녀가할 수 있는 최고의 욕이자, 저주였다.

"선생님?"

흠칫!

갑자기 뒤에서 들려온 목소리에 정윤진은 꿈에서 깨듯 현실로 돌아왔다. 고개를 돌려보니 서울에서 전학 왔지만, 이제는 반에 잘 녹아든 심소희가 서 있었다. 맑고 깨끗한 아이였다. 반에서 인기도 많은 소희는 항상 잘 웃었고, 항상 뭐든 열심히 했다.

반장 미소와 함께 이제는 가장 아끼는 제자가 되어가고 있는 게 소희였다.

"소희구나. 흐음, 하교 안 하고 어쩐 일이니?"

"놓고 간 게 있어서 다시 온 거예요. 근데 선생님 울었어요?"

"아니? 아니야. 선생님이 울긴 왜 울어……."

"……."

정윤진은 얼른 웃었다.

근데 자신이 애써 웃는 모습을 소희가 모를 리가 없다고 생각했다. 정윤진이 알기로 소희는 제법 눈치가 빠른 아이였기 때문이다. 그리고 정말 소희는 눈치가 빨랐다. 바로 꾸벅! '그럼 저 먼저 가볼게요!' 인사를 하고 정윤진을 지나쳐 갔다.

그녀는 지나쳐 간 소희를 돌아보지 않았다.

제자의 배려를 깨고 싶지 않았기 때문이다.

그리고 그래서 볼 수 없었다.

알 수 없는 감정을 담은 채, 싸늘하게 굳어 있는 소희의 눈빛을.

＊　　　　　＊　　　　　＊

"컷!"

"후아……."

이민정 감독의 사인에 서원은 바로 자리에 멈췄고, 깊은 한숨을 내쉬었다. 아주 짧은 대화 신이다.

복도에 서 있는 임수민.

그녀에게 다가간 서원.

몇 마디 안 되는 짧은 대화가 전부인데 서원은 촬영 시작 이후 처음으로 몇 번째 신을 다시 찍고 있었다. 이유는 하나였다. 스쳐 지나가며 지어야 하는 미소에 감정이 제대로 담기지 않았기 때문이다.

서원은 감정을 정리하고 얼른 이민정 감독을 돌아봤다.

오묘한 표정의 이민정 감독의 표정을 확인한 서원은 입술을 살짝 깨물었다. 그녀는 감정 표현이 매우 확실한 감독이었다.

잘 나오면 웃고, 안 나오면 진지하거나, 어딘가 마음에 안 든다는 표정을 매우 적나라하게 짓는다.

지금도 마찬가지였다.

아무리 봐도 웃음기가 없는 표정에 서원은 이번 연기도 실패했단 예감이 진하게 들었다. 아니나 다를까, 이민정 감독이 손만 들어 불러들였다.

"네!"

후다닥!

이민정 감독에게 뛰어가는 서원을 지영은 가만히 바라봤다. 정체기? 컨디션 난조? 지영이 보기엔 아닌 것 같았다.

'경험이 없는 게 문제지.'

지금까지야 모두 서원이 느꼈던 감정을 베이스로 깔았다.

황정만을 원망스럽게 바라보던 신? 실제로 그녀의 가정사가 그랬다. 아버지는 어렸을 적 바람을 피워서 엄마와 자신, 동생을 버려두고 집을 나갔다. 서원은 그래도 밝게 컸지만 아버지에 대한 원망은 가슴 한편에 분명하게 자리 잡고 있다고 했다. 그러니 황정만을 향한 눈빛에 실제 친아버지를 원망하는, 멸시하는 감정이 제대로 담길 수 있었다. 그 외에 몇몇 장면도 마찬가지였다.

질투.

원망.

다 그녀가 가졌던 감정이다.

사람이라면 안 가질 수 없다.

다만 그걸 얼마나 컨트롤할 수 있느냐에 따라 나쁜 사람, 좋은 사람으로 갈리는 것뿐이다. 하지만 지금은?

그녀가 가지지 않았던 것을 내보여야 했다.

'근데 신고식인가?'

다들 알면서…….

지영이 아는 걸 지켜보고 있는 황정만, 같이 연기하는 임수민, 그리고 이민정 감독이 모를 리가 없었다. 알고 있는데도 계속해서 신을 다시 찍을 뿐이었다. 지영은 이걸 일종의 신고식 겸, 성장의 발판이 되기를 원하는 몇몇 사람의 의지가 들어갔다는 것을 알고 있었다. 지영에게 따로 얘기는 하지 않았지만, 지영은 분위기를 읽고는 기꺼이 동참하고 있었다.

서원은 완성형 배우까진 아니었다.

아직 그녀가 가진 알은 몇 개나 있고, 그중 하나가 지금 이곳에서 막 부화를 할까 말까, 사람들의 애간장을 녹이고 있었다.

"어떨 것 가트냐?"

"뭐가요?"

"쟈가 저거, 알아서 잘할 것 같으냐?"

"잘하겠죠. 못하면 뭐, 어쩔 수 없는 거고."

"워매. 겁나게 냉정한 거 보소."

"선배님들도 다 알고 있으면서 지금 말 안 하고 있는 거잖아요? 왜 저한테만 그러세요. 저는 그저 조용히 동참한 것뿐인데."

지영의 대답에 황정만이 쿡쿡거리며 웃었다.

"수민이가 진짜 잘 가르치긴 했어. 서원이 쟈, 대성하겄어."

"그러겠죠. 근데 형님."

"어이?"

"사투리 좀 어떻게 통일 안 돼요? 뭔 전국 팔도 사투리를 다 섞어 쓰세요?"

"몰랐냐? 그게 내 캐릭터여."

"심수철 캐릭터는 안 그렇거든요?"

"아니, 심수철이 말고. 나 말이여, 나. 황정만이."

"…어휴."

지영은 그냥 한숨과 함께 이민정 감독과 영상을 확인 중인 서원에게 시선을 돌렸다. 그녀의 표정은 촬영이 시작된 이후 가장 어두웠다. 아랫입술을 질끈 깨물고 있는 게, 마음대로 되지 않는 감정 표현 때문에 속이 상한 게 분명했다.

"저런 거 잘못하면 트라우마로 남을 텐데……."

"그럴지도 모르제. 그래도 어쩌겠냐. 이런 기회 아니면 당분간은 깰 기회가 없을 것인디."

"이거 얘기는 된 거예요?"

"어제 민정이가 직접 야그해 주고 갔어. 수민이도 알고 있다고 봐야겠제."

고새 바뀐 사투리지만 지영은 이제 그냥 아예 신경 쓰지 않기로 했다.

"악의적으로 괴롭히는 것도 아니자녀. 일단 좀 더 지켜보자고."

"네."

확실히 그런 건 아니었다.

여태까지 완벽하게 연기를 해오던 서원은 오늘 큰 난관에 부딪쳤다. 생에 단 한 번도 만든 적이 없는 감정을 연기해야 한다. 그러니 어떻게 해야 할지 감을 제대로 못 잡고 있었다.

연기라는 게 조금이라도 감정선이 어긋나면 아주 다른 길로 들어가 버리고 만다. 이번 신에서 서원이 지어야 할 눈빛은 확실히 겪어보지 않았다면 표현하기 힘든 눈빛이긴 했다. 그래서 실제로 이민정 감독의 성에 차지 못했고, 계속해서 반복 촬영을 하고 있었다.

'이번이 벌써 다섯 번째……'

조금 있으면 여섯 번째 재촬영에 돌입한다.

이쯤 되면 스태프나 감독보다 배우에게 떨어지는 중압감이 엄청나게 늘어난다. 자신 때문에 일이 진행이 안 된다는 것까지 신경 쓰기 시작하면 정말 신인은 견디기 힘든 중압을 받게 될 것이다.

하지만.

그렇게 해서라도 이민정 감독은 서원을 몰아붙이고 있었다. 따로 혼내는 것도 아니었다. 원하는 바도 '확실히' '설명'해 주고 있었다. 서원은 그걸 이해했지만, 어떻게 해야 할지 난항을 겪고 있었다.

임수민은?

철저한 방관이었다.

조언조차 없이 그저 창밖을 바라보며 감정 컨트롤을 하고 있었다. 벌써 다섯 번이나 신을 찍으면서 좀 지친 기색이지만 지영은 걱정하지 않았다. 스스로에 대해 가장 냉철하게 판단

할 수 있는 게 자신들이란 걸 알기 때문이었다.

어쨌든 임수민이 그렇게 정윤진의 감정을 잡고 있으니 서원도 그녀에게 가서 따로 사과를 하거나, 조언을 얻을 수도 없었다.

몰입한 배우를 방해한다?

그건 정말로 있을 수 없는 일이었다.

주변이 조용해졌다.

여섯 번째 재촬영이 시작될 조짐이었다.

"레디, 액션."

이민정 감독의 사인이 떨어지고 연기가 다시 시작됐다.

"선생님?"

흠칫!

그 목소리에 놀란 임수민이 천천히 고개를 돌렸다. 그러곤 입술을 꾹 깨물었다. 붉게 물든 눈동자를 보면 누가 봐도 그녀의 현재 마음이 어떤지, 너무나 절절하게 알 수 있을 정도였다.

"소희구나. 흐음, 하교 안 하고 어쩐 일이니?"

"놓고 간 게 있어서 다시 온 거예요. 근데 선생님 울었어요?"

"아니? 아니야. 선생님이 울긴 왜 울어……."

대사가 오고 갔다.

아직까진 문제가 없었다.

슬픔을 잔뜩 안고서 울음을 참고 있는 정윤진. 그런 정윤진을 의아하게 생각하는 심소희. 두 사람의 각자 감정이 잘

나왔다.

"그럼 저 먼저 가볼게요!"

꾸벅! 인사를 하고 임수민을 스쳐 가는 서원.

"컷!"

그리고 곧바로 이민정의 컷 사인이 떨어졌다. 이번엔 얼마 가지도 않았는데 컷 사인이 떨어졌다. 이걸 바꿔 말하면 폐기해야 할 만큼 이번엔 잘못됐단 뜻이었다. 지영도 그 부분에는 동의했다.

좀 전에 서원의 눈빛에 담긴 감정은 다분히 잘못되었기 때문이다.

"아따… 아가 답답해 죽으려 하는고만."

"그래 보이네요. 음……. 오늘은 어째 그만하는 게 더 나을 것 같은데요?"

"그거야 이 감독 맴이고. 일단 우리는 지켜보자고."

창밖을 보니 아직 석양이 위태롭게 걸려 있었다.

이 신은 노을빛이 물든 배경이 나와야 하니 이제 많이 잡아야 한 신 정도였다. 지영은 일단 오늘까지는 가만히 지켜보잔 결론을 내렸다. 신을 확인하는 서원. 표정이 매우 어두웠다. 아랫입술을 질끈 깨물고는 화면을 거의 노려보다시피 바라보고 있었다.

"음마야, 저 마음 내 잘 알지. 잘 알어. 아마 답답해 미칠 것이여."

안다는 사람이 방치나 하고······.

너무 극단적인 성장 방향이 조금 신경 쓰였지만 지금 당장 다른 배우들과 감독이 합의한 상황을 지영이 이래라저래라 할 수 있는 건 아니었다. 준비가 바로 끝나고, 다시 레디, 액션. 결과는 마찬가지였다.

"오늘은 여기까지 하죠. 장비들 정리하고 내려가요."

"네."

어제와는 확연히 다른 대답이 흘러나왔고, 그게 서원의 표정을 더욱 어둡게 만들었다.

"후······."

크게 한숨을 내쉬며 연기에서 벗어난 임수민이 지영과 황정만에게 다가왔다.

"괜찮으냐?"

"이 정도로 뭘요."

"눈이 뻘개야."

"안 그래도 좀 뻑뻑하긴 한데, 눈물 좀 넣고 한숨 푹 자면 좋아질 거예요."

"컨디션 조절 잘혀고. 고생했다."

"제가 뭐 한 게 있나요. 서원이가 고생했지."

"그려그려. 얼른 내려가서 쉬어."

"오빠는 안 가게요?"

"난 여서 좀 있다 가려고."

"왜요?"

"그냐앙. 내일 찍을 거 준비도 하고 하려 그러지."

"그래요. 수고해요, 오빠."

"오냐."

임수민의 시선이 지영에게 넘어왔다.

너도 있을 거냐는 뜻.

지영은 창가에서 엉덩이를 뗐다.

자신은 굳이 여기 있을 생각이 없었기 때문이다.

힐끔. 교실 한쪽에 조용히 앉아 있는 서원이 보였지만 지영은 이번엔 애써 무시했다. 혼자만의 시간이 필요할 때였다. 굳이 그 시간을 방해하고 싶지 않았다. 지금은 어떤 위로를 해준다 한들, 제대로 그녀에게 도움이 되긴 힘들다는 걸 알고 있어서였다.

"강하게 키우네요?"

"영화판은 밀림이랑 같잖아? 약하면 언제고 잡아먹히게 되어 있어. 너도 잘 알면서?"

"뭐, 그렇기야 하다만 조언쯤은 해줄 줄 알았죠."

"쇠도 두드려야 단련이 되잖아."

피식.

그걸 몰라서 그러는 게 아니었다.

"잘못 두들기면 깨지기도 해요."

"서원이가 깨질 것 같아 보이니?"

"사람 인생 어찌될지 모르는 거 가장 잘 알 만한 사람이 왜 그러세요."

후후.

그 말에 나직하게 웃은 임수민은 다른 말은 하지 않았다.

학교를 다 내려온 지영은 임수민을 보내고 자신의 숙소로 들어왔다. 옷을 갈아입고 씻은 다음 폰을 꺼내 보니 여러 사람에게 메시지가 와 있었다. 이제야 폰을 선물받은 지연이에게 온 메시지가 가장 위에 있었고, 그다음 은재, 임미정에게 온 메시지도 있었다.

똑똑.

답장을 보내려는데 문을 두들기는 소리가 들렸다.

"네, 누구세요."

"나… 서원이."

착 가라앉은 목소리.

문을 열자 고개를 푹 숙인 서원이 서 있었다.

예상차 못했던 방문객은 아니었다.

착잡한 표정으로 서 있는 서원을 지영은 잠시 어찌할까 고민했다. 안으로 들여? 안 그래도 좋지 않은 소문이 잠시간 돌았던 사이다. 숙소 안으로 들이는 건 그리 좋은 선택이 아닌 것 같았다.

"잠깐 걸을까?"

"……"

고개를 끄덕인 서원.

그녀가 왜 찾아왔는지는 굳이 안 물어봐도 뻔했다.

자신의 연기가 오늘 너무 답답했을 것이고, 그래서 조언을 얻고 싶어 찾아온 것일 거다. 임수민에게 안 간 이유? 오늘 하루 종일 임수민은 서원을 거의 '무시'하다시피 했다. 그 이유를 서원은 아마 짐작하고 있을 것이다. 스스로 생각해 냈으면 하는 그런 마음. 배우라면 한 번쯤은 겪어야 하는 고난.

여기서 부서지지 말고 버티고 버텨서 더 단단해지길 바라는 스승의 마음.

서원이 그 정도도 모를 정도로 어리석은 사람은 아니었다.

하지만 그럼에도 지영을 찾아왔다.

철썩! 철썩!

뺨을 치는 것처럼 파도가 벽을 치고 있는 밤바다에 도착한 지영은 적당한 곳에 자리를 잡았다. 아무리 찾아온 이유를 안다고 해도 아예 무시하고 건너뛸 수는 없는 법. 지영은 처음부터 대화를 시작했다.

"그래서, 찾아온 이유는?"

"오늘 내 연기 다 보고 있었지?"

"응. 봤어."

"어땠어? 솔직하게 얘기해 줬으면 좋겠어."

입술을 꾹 깨문 서원을 보며 지영은 '후우…' 한숨을 내쉰 뒤에야 천천히 입을 열었다.

"나쁘지 않았어."

"……."

"근데 정말 딱 나쁘지만 않았어."

본론은 이제부터다.

치익.

"후우……. 매 순간 빛나 보이는 연기가 오늘만큼은 아무에게서나 볼 수 있는 연기처럼 보였어."

"……."

꾸욱.

지영의 말에 서원은 꼭 쥐고 있던 양손에 힘을 더 주고, 고개를 더 푹 숙였다.

"그랬다고 못한 건 아니야. 니 연기는 매우 자연스러우니까. 내사 깔끔해, 발음 정확해, 목소리 톤 좋아, 귀에 착착 감겨 들어가게 전달력도 확실하고."

"……."

"넌 타고났어. 그냥 천생 연기자야."

칭찬인지, 욕인지.

둘 다에 가까웠다.

하지만 지금은 서론이다.

기왕 찾아온 거, 군이 여기까지 나온 김에 지영은 서원에게 어느 정도 답을 주기로 했다.

"그럼 뭐가 문제일까?"

"감정이 안 담겨…… . 분명 알겠는데."

"그래, 그게 문제야. 지금까지는 분명 괜찮았는데, 갑자기 왜 오늘은 안 됐을까? 설마 나나 수민 누나, 정만 형님, 그리고 이민정 감독이 귀한 시간 버려가면서 너 하나 괴롭히자고 이랬을까?"

"……."

지영의 말에 서원은 고개를 저었다.

"연기는 결국엔 캐릭터를 만들고, 그 캐릭터에 나를 대입시켜야 해. 이건 동의해?"

"응."

"지금까지 심소희 캐릭터는 너도 이해할 수 있는 선이었어. 왜? 겪어봤으니까. 그런데 지금부터는?"

"음……."

"남을 괴롭혀 본 적은 있어?"

"……."

지영의 질문에 서원은 말없이 고개를 저었다.

그럴 것 같았다.

딱 봐도 서원은 바르게 살았다.

가정사가 만만치 않았음에도 엇나가지 않고 정말 바르게 살아왔다.

"심소희 캐릭터가 마냥 서울에서 전학 온 예쁜 학생은 아니지?"

"응……."

"넌 상황 설정 자체는 이해했는데, 심소희가 앞으로 행할 것들을 이해 못 하는 거야. 왜? 경험이 없으니까."

심소희는 악의에 찬 캐릭터는 아니다. 하지만 그렇다고 선하기만 한 캐릭터도 아니었다. 그러나 서원은 선하기만 한 스무 살 인생을 살아왔다. 경험에서 나오는 무지. 이민정 감독이나 임수민, 황정만은 어떻게 생각할지 모르지만 이게 지영이 생각하는 서원의 문제점이었다.

"그럼 어떻게 해야 돼?"

"안 배웠어?"

"배웠어. 배웠는데… 잘 안 돼."

"익숙하지 않아서 그럴 거야. 처음부터 다 잘하는 사람은 없으니까."

"……"

빤…….

서원이 눈을 가늘게 뜨고 지영을 올려다봤다.

피식.

"그래, 나 빼고."

"오… 솔직해."

말이 조금씩 많아지는 걸 보니 조금씩 안정을 찾고 있는 것 같았다.

"후아……. 힘들다, 연기. 처음에는 막 박수 받고 그래서 다 잘할 수 있을 것 같았는데. 막상 또 막히니까 어찌해야 될지 모르겠어. 감독님이나 교수님 생각도 알아서 더 답답해."

"네가 한 단계 성장하기를 진심으로 바라는 사람들이니까 너무 미워하진 마."

"그런 마음 안 먹어. 다 알고 있는걸."

하여간 정말 착한 사람이다.

지영은 이 착한 친구에게 조그마한 선물을 주기로 했다.

"이해하지 못하겠으면, 경험한 적이 없다면 어떻게 해야 할까?"

"음……."

"만들면 돼. 그 상황을."

"어?"

싸아…….

흠칫!

서원은 순간적으로 바뀐 공기에 움찔했다.

감각이 좋은 그녀는 놀란 눈으로 천천히 지영을 올려다봤다. 그녀의 눈에 비친 지영의 눈은 좀 전까지 보던 눈이 아니었다. 차갑고, 섬뜩한 무언가가 담겨 있는 눈. 지영의 변화에 그녀는 눈만 껌뻑였다.

"어때……? 지금까지 대화하던 강지영이란 인간과 나는 같아 보여?"

"……"

지영의 물음에 서원은 고개를 느릿하게 저었다. 아무리 봐도 그녀가 알던 지영이 아니었다. 연기할 때의 병약한 모습은 더더욱 아니었다. 뭔가, 뭔가 달랐다. 이건 마치… 섬뜩함이 빛나는 눈이 서원에게 좀 더 다가왔다.

상체를 숙인 지영이 입가에 비릿한 미소를 내걸고 서원과 눈을 맞췄다. 서원의 눈빛이 그 순간 잘게 떨렸다.

지영이 눈빛에 담긴 감정을 감지한 것이다.

서원의 그 감정에 몸을 움츠렸다.

지금 지영은 확실한 하나의 감정을 품었다.

정욕(情慾).

지영의 시선이 서원의 몸을 느릿하게 훑어나갔다.

흠칫!

그러자 서원은 더욱 몸을 움츠렸다.

이제는 확연히 눈에 보일 정도로 떨기 시작했다.

감이 좋으니 지영이 풍기는 정욕을 제대로 이해했다.

사르르…….

그리고 어느 순간 그런 불쾌한 감각이 사라졌고, 서원은 또 그걸 바로 깨닫고는 놀란 눈으로 지영을 바라봤다.

"와……."

지영의 입가에 이번엔 따뜻한 미소가 걸려 있었다.

서원을 바라보는 눈빛에는 사랑이 가득 담겨 있었다. 마치 갓 연애를 시작한, 너무나 사랑스러운 연인을 바라보는 것처럼 정이 가득 담겨 있어 서원은 마치 꿈을 꾸는 것 같았다.

"지금은?"

"대단하다……."

"부족한 게 뭔지 알겠니?"

말투도 조금이지만 바뀌었다.

보통 잘 쓰지 않는 말투지만 이상하게도 지영에게는 잘 어울리는 말투. 서원은 지영이 지금 자신에게 엄청난 선물을 주고 있다는 걸 깨달았다. 그래서 저도 모르게 활짝 웃었다. 선물은 받았으니, 그 기쁨을 표현하는 것이다.

서원이 알아차린 것 같자 지영은 연기를 풀었다.

사르르……. 사랑이란 감정이 땡볕에 노출된 아이스크림처럼 녹아 사라지면서 원래의 지영이 서원의 눈앞에 떡하니 재 등장했다.

"장난 아니다, 너……."

"너도 가능해."

"진짜?"

"응. 다만 안 해봐서, 그래서 어색할 뿐인 거야. 한번 감을 잡으면 언제고 할 수 있어."

"아아……."

서원은 멍하니 고개를 끄덕였다.

사실 이런 이론적인 말은 연기자라면 수도 없이 듣는 말이었다. 하지만 듣기만 할 뿐, 실제로 해본 적은 없었다.

대학교 연기 수업?

정형화된 시스템을 따라 수업이 진행된다.

여기서 재능이 있는 자와 없는 자가 걸러지게 되며, 안타깝게도 전자는 여러 기회를, 후자에 해당되는 학생들은 그저 연습에 또 연습만 할 뿐이다. 서원은 전자였다. 그것도 아주 확실한 전자.

재능은 차다 못해 넘치는 천재란 부류에 들어가는 사람이다.

"아, 그런데 원래 이러면 안 되는데."

"뭐가?"

"수민 누나나 정만 형님, 이 감독님은 네가 이걸 스스로 깨닫기를 원했잖아. 근데 지금은 내가 거의 다 가르쳐 준거고."

"아아, 그러네. 근데 큰일 날 일은 아닌 거지?"

"그거야 그렇지. 세 분의 의도는 너도 잘 아니, 나중에는 스스로 헤쳐 나가 봐."

"응, 고마워. 덕분에 어떻게 해야 할지 감 잡은 거 같아."

"그건 다행이네. 후우, 난 그럼 먼저 간다."

"응, 오늘 일 진짜 고마워. 다음에 내가 도울 일 있으면 꼭 얘기해 줘. 내가 꼭 도울게."

꼭을 두 번이나 담은 말에 지영은 그냥 고개를 끄덕였다. 실제로 서원의 도움을 받을 일이 앞으로 있지는 않겠지만, 그래도 지금 서원의 말은 도와준 보람을 느끼게 했다.

숙소로 돌아가는 길이었다.

"여자 친구가…… 있다고 했던가……."

바람에 실려 온 흐릿한 목소리가 지영의 귓속으로 아슬아슬하게 들어왔다. 하지만 지영은 걸음을 멈추지 않았다.

이번 생에 서원은 자신과 연인이 될 운명을 타고나지 못했다. 그래서 그녀가 지금 품은 감정에서 얼른 빠져나가기를 바랐다.

한 여인의 가슴에 열병(熱病)이 생긴 날이었다.

*　　　　　*　　　　　*

"선생님?"

모두가 숨을 죽인 가운데, 서원의 두 번째 대사가 흘러나왔다.

"놓고 간 게 있어서 다시 온 거예요. 근데 선생님 울었어요?"

서원이 고개를 살짝 갸웃하며 임수민을 향해 물었다.

천진난만한 웃음기가 입가에 티가 날 듯 말 듯 걸려 있었다.

"아니? 아니야. 선생님이 울긴 왜 울어……."

흐음…….

실제로 콧소리를 낸 게 아닌데도 표정과 미소에서 마치 서원이 비음을 낸 것 같은 기색을 느낄 수 있었다.

눈빛과 미소로 소리를 만들어냈다.

놀랄 만한 변화였다.

스태프와 연기자들이 놀란 기색이 되었을 때 서원이 '그럼 저 먼저 가볼게요!' 하고 임수민을 스쳐 지나갔다. 그리고 그 짧은 순간 스쳐가는 복잡한 눈빛. 많은 것들이 함축되어 있어 의미가 불분명하고, 그래서 경각심을 들게 하는 눈빛이 찰나간 생겼다가 싹 사라졌다.

"커… 엇! 그래! 이거지!"

이민정 감독이 일어나서 양손을 번쩍 들었다.

이튿날 재촬영 두 번 만에 서원은 이민정 감독을 환호하게 만들었다. 그걸 보고 있던 지영은 입가에 미소를 그린 채로 박수를 짝짝 쳤다.

천재는 역시… 천재란 생각이 들었다.

어제 보여준 자신의 연기에서 힌트를 찾았고, 딱 다음 날 그 문제를 아주 멋지게 해결했다. 서원은 정말 환한 미소로 박수를 쳐주는 스태프들에게 인사를 하고 있었다.

"아따… 아가, 그냥 하루 만에 딴 아가 되어 왔구만."

"재능이 진짜 엄청나긴 하네요."

"맵시 말로는 어제 서원이가 니 찾아갔다고 하던디, 너냐?"

"뭘요?"

"니가 저렇게 만들어놓은 거 아녀?"

"글쎄요?"

"니 맞네. 맞어."

황정만의 말에 지영은 긍정도, 부정도 하지 않았다. 어차피 숨길 일도 아니었다. 작은 선물을 준 건 맞는데, 저렇게까지 선물을 크게 만들어 온 건 전적으로 서원의 능력이었다. 그녀의 능력이 부족했다면 지영이 준 힌트도 제대로 못 받았을 게 분명했다.

"아가 어젠 아주 죽을상이더만, 오늘은 꽃이 피었네그려. 나중에 밥 한 끼 꼭 얻어먹어야."

"그러려고요."

"밥 만 얻어먹고. 딴 건 얻어먹으면 안댜."

피식.

실없는 소리를 한다.

"다음 신 준비 안 하세요?"

"음머, 이젠 막 쫓아내는겨?"

"그런 소리 하실 거면 준비하시는 게 좋을 것 같아서요."

"간다, 가. 가면 되자녀."

짓궂은 농담을 하던 황정만이 떠나고, 지영은 다시 서원을 바라봤다. 그녀는 임수민과 대화를 나누면서도 지영을 보고 있었다. 지영은 말없이 엄지만 척 내밀어줬다. 그러자 서원도 환한 미소로 엄지를 들어 올리며 보답했다.

병(病)은 더욱더 깊어질 조짐을 보이고 있었다.

*　　　　*　　　　*

"오늘도 정수호 학생은 안 왔나요?"

"네에……."

새로 온 기간제 교사의 질문에 아이들은 힘없는 목소리로 대답을 했다. 벌써 일주일째, 수호는 학교에 안 나오고 있었다. 아니, 정확하게는 못 나오고 있었다. 수호는 일주일 전 방파제에서 낚시를 한 그날 밤에 크게 아팠다고 했다.

그래서 뭍의 큰 병원으로 이송하기 위해 구급 헬기까지 날아왔을 정도였다. 반 분위기는 그날을 기점으로 뚝 떨어졌다. 게다가 엎친 데 덮친 격으로 아이들의 중심을 잡아줘야 할 정윤진까지 개인적인 사정으로 휴가를 내면서 반 분위기는 급속도로 떨어져 바닥을 기고 있었다. 일주일이 지난 지금은 다시 살아날 기미가 보이고는 있으나 지금처럼 수호에 대한 얘기가 나오면 다시 침울해졌다.

도심의 아이들과는 다른 순수함도 하루 이틀이지, 이 정도면 학업에 지장이 있는 건 아니냐는 말까지 교무실에서 돌고 있었다.

하지만 아이들은 그런 소리를 들어도 기분을 다시 끌어 올리지 못했다. 왜? 수호를 데리고 그날 방파제에 갔던 건 바로 반 친구들이었기 때문이다. 그래서 착하고 순수한 이 아이들은 죄책감을 느끼고 있었다.

특히 그중 성미소, 반장 미소는 다른 아이들보다 훨씬 큰 죄책감을 느끼고 있었다. 그녀는 수호가 쓰러져 병원으로 이송된 이후부터 제대로 웃지도, 먹지도 못했다. 책임감이 남다른 그녀인 만큼 그날 수호를 방파제로 데리고 가지 말걸. 아니, 그냥 같이 놀자고 하지 말걸……. 그걸 정말 크게 후회를 하고 있었다.

그래서 수호의 반 수업은 매우 조용한 분위기에서 진행됐다. 간간이 웃고 떠드는 소리들이 들렸지만 그런 아이들은 곧 침울한 미소를 의식해 떠들더라도 밖에 나가서 떠들었다.

점심시간.

식판을 내려놓고 멍 때리는 미소의 앞에 소희가 앉았다.

"그거 먹어서 되겠어? 우리 식탐 쩌는 미소 양?"

"어, 소희야. 으음, 입맛이 없네."

"수호 때문에 그러지?"

"으응… 미안해서."

"그날 들어갈 때까지 수호 괜찮았잖아."

확실히 그렇긴 했다.

해가 뉘엿뉘엿 기울기 시작할 때쯤 아이들은 놀던 자리를 정리하고 집으로 돌아갔다. 다 같이 수호의 집 앞에 도착했을 때까지 수호는 볼이 발그레하긴 했지만 수호는 기분 좋은 미소를 띠고 있었다.

그런데 그날 밤, 수호는 앓았다.

정확히 어떻게 아팠는지는 모르겠지만 한밤중에 구급 헬기가 날아와 수호를 급히 태우고 뭍으로 날아갔다. 그리고 오늘까지 수호는 학교에 나오지 않고 있었다.

"이따, 수호 병원 가볼래?"

"어? 어딘지 알아?"

"응, 부산 대성병원에 있대."

"아, 부산……."

여기서 좀 멀긴 하다.

월내항으로 배를 타고 나가 또 버스를 타고 부산까지 가야 하니까.

하지만 그래도 가고 싶었기 때문에 고민은 길지 않아 끝났다.

"갈래."

"그래, 그럼 수업 끝나고 바로 가자."

"응."

수호를 만나러 간다는 생각 때문일까? 미소의 얼굴에 활기가 돌기 시작했다. 그러곤 수저를 들어 식판에 담아 온 음식을 단숨에 먹어치우곤 다시 더 받으러 갔다. 소희는 그런 미소를 가만히 바라봤다.

참으로 순수한 아이.

'나와는 다르게……'

거짓말은 아마 절대 못 할 거다.

지금 당장 너 수호 좋아하지? 하고 물으면 곧바로 어버버할 게 분명했다. 소희는 그런 미소를 모호한 눈빛으로 바라봤다.

하지만 곧 그런 기색을 지우곤 젓가락을 들었다.

'아직, 아직은 아니니까⋯⋯.'

야금야금.

평소처럼 천천히 식사를 마친 소희는 우악스럽게 밥을 먹는 미소에게 볼일이 있다며 전하곤 먼저 자리에서 일어났다. 식판을 깨끗이 정리해 수거대에 놓고 교정 뒤편의 쉼터로 나온 소희는 포켓에서 핸드폰을 꺼냈다.

그러곤 사진첩을 열어, 잠금까지 걸어놨던 폴더의 사진을 열었다.

"⋯⋯."

40대의 중년 여성.

이제 막 초등학교 사오 학년쯤 되어 보이는 여자아이.

그리고 그 옆에 소희 본인. 하지만 사진 속 소희는 좀 더 어렸다.

중학교 2? 3? 그 정도 나이 같았다.

소희가 보고 있는 사진은 당연히 가족사진이었다.

그리고 이제는 볼 수 없는 가족들의 사진이었다.

어떤 '사고'로 인해, 동생과 엄마는 천국에 갔다.

한날한시에 간 건 아니었다.

엄마는 함박눈이 잔뜩 쏟아지던 날 불의의 교통사고로 천국에 갔고, 동생은 평소의 지병에 아프고, 아파하다가 천국에 갔다.

누군가가 자신의 차례가 아님에도 회생하던 날, 누군가는 불합리로 인해 자신의 차례임에도 회생받지 못했다.

꾸욱.

소희는 아랫입술을 꽉 깨물었다.

처음엔 몰랐다.

도대체 왜 동생 심소정의 순번이 밀렸는지. 처음에는 정말 알지 못했다. 그걸 깨닫기에는 소희는 너무 어렸다. 그리고 진실을 알아내기 위해 소희는 정말 큰 것을, 너무나 큰 것을 포기했다.

혼자 남는 순간 그녀를 옭아맨 독기가 없었다면 그런 결정을 내리지 않았겠지만 소희는 당시의 선택을 후회하지 않았다.

"으으……."

불쑥 자신이 가진 큰 것을 포기하던 날이 떠올라 소희는 몸을 부르르 떨고 말았다. 하지만 곧 추웠어? 이제 괜찮아, 따뜻해질 거야! 라고 외치는 것 같은 훈풍이 불어 소희의 몸을 녹이고는 그녀가 떨림을 멈췄을 때나 조용히 다시 가던 갈 길을 갔다. 그리고 훈풍보다 더욱 따뜻한 에너지를 지닌 미소가 옆으로 슉! 티 나게 다가와 앉았다.

"여기서 뭐 해?"

"응? 아, 미소구나. 밥은 다 먹었어?"

"그럼! 배가 빵빵해지게 먹었지요!"

"풉. 너무 많이 먹는 거 아니니?"

"괜찮아, 괜찮아. 운동도 하고 있어서 살은 찌지 않지요!"

자꾸 요요! 거리는 미소를 보며 소희는 결국 깔깔 웃고 말았다. 엄청나게 솔직하면서도, 엄청나게 쾌활한 친구이기도 했다. 이 반 저 반 친구도 많고, 따르는 후배들도 많았다. 심지어 전교회장을 2학년 때 했고, 3학년 때 연임제만 있었어도 한 번 더 했을 거라는 의견까지 있는 친구였다.

그런 미소는 이곳에 와서 소희가 가장 처음으로 사귄 친구였다. 아직 가슴 깊은 곳에 있는 얘기까진 나누지 않지만, 이대로 시간이 흐르면 가장 먼저 마음을 터놓게 될 친구가 소희는 당연히 미소가 될 거라 생각했다.

"그렇게 좋아?"

"뭐가?"

"수호."

"…으이?"

요상한 탄성을 흘린 미소를 보며 소희는 예쁘게 웃었다.

"티, 티 나?"

"엄청 나거든? 너 아까도 수호 보러 가자고 했더니 얼굴 활짝 핀 거 알아? 밥도 잘 먹고."

"아… 헤헤."

"많이 좋아해?"

"그냥… 지켜주고 싶고, 막 그래. 근데 그냥 그게 전분데?"

눈을 동그랗게 뜬 미소에게 소희는 그게 좋아하는 거야, 하고 답을 해줬다. 그러자 미소는 그런가? 하면서 밝게 웃었다. 두 여학생의 미소는 눈부신 햇살을 떠올리게 했다. 그렇게 도란도란 얘기하다 보니 다시 쉬는 시간의 끝을 알리는 첫 번째 종이 쳤다. 그 종에 둘은 바로 자리에서 일어났다. 교실까지 좀 거리가 있으니 얼른 움직여야 했기 때문이다.

오후 수업은 좀 달랐다.

미소가 웬일인지 웃고 있어 분위기 금세 풀렸다.

반의 실질적인 분위기 메이커이자, 지배자라고 봐도 좋은 미소의 변화는 학생들에게도 좋은 영향을 미쳤다.

수업 끝, 땡! 하자마자 두 사람은 기간제 담임선생님에게 사정을 설명하곤 바람처럼 학교를 벗어났다.

"헉헉!"

미소가 끄는 자전거를 타고 항구에 도착해 정말 아슬아슬하게 월내항으로 나가는 배에 둘은 오를 수 있었다.

"후, 아……."

크게 한숨을 내쉬는 소희.

미소는 마을 어머니들에게 배를 탄 이유를 일일이 설명하면서 돌아다니고 있었다. 10분쯤 지나 빵 두 개와 우유를 받아 온 미소가 소희의 옆에 앉았다.

"자, 빵이랑 우유."

"아주머니들한테도 인기가 많네?"

"그럼? 난 섬마을의 아이돌이니까!"

"풉!"

실제로 아이돌을 해도 될 만한 미소였다.

키 크고 예쁘지, 피부가 좀 까무잡잡했지만 그건 곧 건강미로 이어지지, 두뇌 명석해, 책임감 좋아, 모르는 소희가 생각하기에도 미소는 아이돌을 했어도 충분히 대성했을 가능성이 차고 넘치는 미소였다.

배는 다른 섬을 돌았다가 바로 월내항으로 향했다.

40분 만에 월내항에 도착했고, 둘은 바로 버스를 타고 부산 대성병원으로 향했다. 경남 지역에서는 첫 번째로 꼽히는 종합병원이었다.

다행히 대성병원은 월내항에서 그리 멀지 않았다. 버스를 타고 다섯 정거장을 거치자 바로 대성병원의 모습이 보였다.

씩씩하게 걸어 접수처에 도착해 면회 신청을 했지만 둘에게 돌아온 건 50분을 더 기다려야 한다는 대답이었다.

하지만 여기까지 왔는데 그냥 갈 순 없어 면회 신청을 접수하곤 병원 로비에 앉았다.

"괜찮아?"

"응? 뭐가?"

"너 얼굴 하얗게 질렸는데? 식은땀도 나는 것 같구."

"…괜찮아."

트라우마 때문이다.

소희는 병원에 익숙하다.

동생이 오랫동안 병원에 입원해 있었기 때문에 자주 다녔다. 하지만 반대로 엄청 싫어하는 곳이다.

소희에게 전부이던 두 사람이 하얀 천을 뒤집어쓴 채, 자신을 기다렸던 곳이기 때문이다. 동생 소정이의 장례식 이후, 소희는 단 한 번도 병원을 찾은 적이 없었다. 병원이 보여도 무의식적으로 피해왔었다.

오늘은 수호라는 이유가 있기 때문에 병원을 찾았지만 역시… 괜찮지는 않았다. 특히 병원 특유의 약품 냄새가 소희를 심적으로 너무 괴롭히고 있었다. 그리고 그 괴롭힘은 곧 소희의 얼굴에 그대로 드러났다.

"그냥 멀미해서 그래. 나 진짜 괜찮아."

소희가 다시 한번 그렇게 말하고 나서야 미소는 걱정스러운 눈빛을 거뒀다. 50분은 금방 갈 것 같았지만, 그렇게 금방 가진 않았다. 발을 동동거리면서 반 아이들에게 사진을 찍어 보내고, 집에 연락하고, 화장실까지 갔다 왔는데도 50분이 지나지 않았다. 따분함에 지쳐갈 때가 되자, 50분이 지났다.

친절하게도 면회 시간이 되었다는 메시지와 병실 호수 적힌 메시지가 따로 미소의 폰으로 날아왔다.

둘이 돈을 모아 음료수 박스 하나를 사서는 바로 병실로 향했다.

일반 병동 10층에 수호의 병실이 있었다.

역시 좀 사는 집답게 수호는 개인 병실을 쓰고 있었다.

똑똑.

"들어오세요."

노크를 하자 중년 여성의 목소리가 들려왔고, 미소는 조심스럽게 문을 열었다. 그러자 침대에 누워 있는 수호가 가장 먼저 보였고, 그 뒤로 들어오라는 말을 했을 중년 여성이 보였다.

"안녕하세요오……."

미소의 조금은 어색한 인사에 중년 여성은 푸근한 미소를 지었다.

"도련님, 그럼 저는 잠시 나가 있을게요."

"네, 아주머니."

아…….

있는 집 자식이었지…….

하는 생각이 스쳐갈 때쯤 중년 여성은 두 사람에게 가볍게 고개를 숙이고는 병실 밖으로 나갔다. 일해주시는 아주머니 같은데, 행동과 말투에 기품이 가득 느껴졌다. 그래서 미소와 소희는 순간 뭐지? 하는 의문이 들었지만 '왔어?' 하는 수호의 말에 그쪽으로 시선을 돌렸다.

시선이 닿은 곳에 창백한 안색으로 누워 있는 수호가 있었다.

『천 번의 환생 끝에』 10권에 계속…

초대형 24시 만화방

신간 100%, 샤워실, 흡연실, 수면실(침대석), 커플석, 세탁기 완비

■ 광명 광명사거리역점 ■

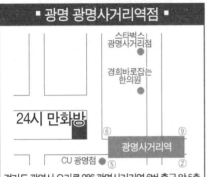

경기도 광명시 오리로 986 광명사거리역 6번 출구 앞 5층
02) 2625-9940 (솔목타워 5층)

■ 강북 노원역점 ■

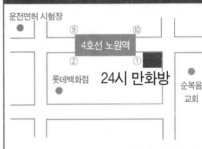

서울 노원구 상계동 340-6 노원역 1번 출구 앞 3층
02) 951-8324 (화용빌딩 3층)

■ 일산 정발산역점 ■

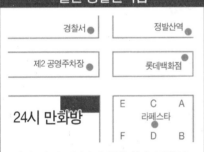

라페스타 E동 건너편 먹자골목 내 객잔건물 5층
031) 914-1957

■ 일산 화정역점 ■

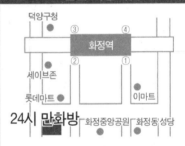

경기도 고양시 덕양구 화정동 984번지 서일빌딩 7층
031) 979-4874 (서일사우나 건물 7층)

■ 부천 역곡역점 ■

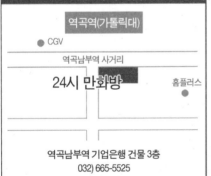

역곡남부역 기업은행 건물 3층
032) 665-5525

■ 부평역점 ■

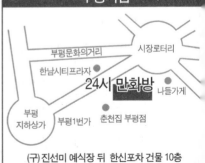

(구) 진선미 예식장 뒤 한신포차 건물 10층
032) 522-2871